AS PRIMEIRAS SOMBRAS

DALVA VIEIRA

AS PRIMEIRAS SOMBRAS

Porto Alegre
São Paulo
2016

Conselho editorial
Gustavo Faraon, Julia Dantas e Rodrigo Rosp

Preparação
Julia Dantas

Revisão
Fernanda Lisbôa

Capa e projeto gráfico
Humberto Nunes

Foto da autora
Arquivo pessoal

Dados Internacionais de Catalogação na Publicação (CIP)

V658p Vieira, Dalva
As primeiras sombras / Dalva Vieira. — Porto Alegre : Terceiro Selo, 2016.
144 p. ; 21 cm.

ISBN: 978-85-68076-26-2

1. Literatura Brasileira. 2. Contos Brasileiros. I. Título.

CDD 869.937

Catalogação na fonte: Ginamara de Oliveira Lima (CRB 10/1204)

Editorial
Av. Augusto Meyer, 163 sala 605
Auxiliadora — Porto Alegre — RS
contato@dublinense.com.br

Comercial
(11) 4329-2676
(51) 3024-0787
comercial@dublinense.com.br

Dedico este livro a meus filhos, Andrey, Alexey e Adriana, e suas respectivas famílias, que, junto a meu esposo, Antonio Santos, me agraciaram com grande incentivo.

Em memória de meus pais, Otacílio e Dileta, e de minha irmã, Therezinha: o convívio com eles me acresceu dos valores que norteiam minha existência.

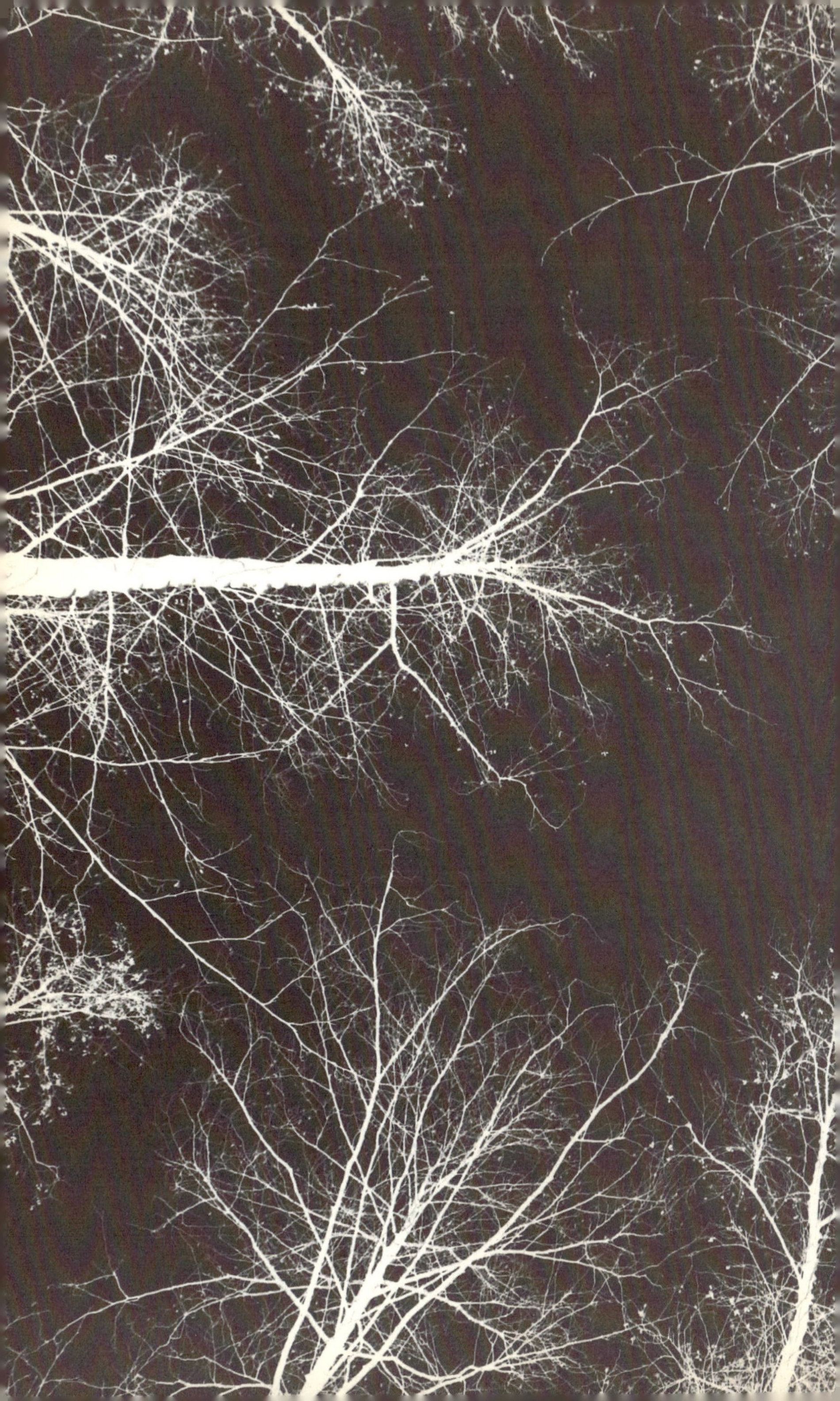

"Os velhos pecados têm sombras grandes."

Agatha Christie

VINGANÇA

Ajustando o chapéu à cabeça, revisei as luvas e o binóculo. Após prender a barba e colocar os óculos escuros, aguardei. Não demorou e percebi que, ultrapassando a curva da estrada tortuosa, ladeada por abismos, o carro aproximava-se. O tremor que percorria meu corpo, eu não soube se provinha do frio ou da expectativa da espera. Decidi que ela não merecia perdão. Por tanto que me fez sofrer, haveria de pagar. Ao escarnecer sobre meus sentimentos, seu desprezo era como punhal cravado em meu peito, provocando dor infinita.

Logo que a admiti como secretária, passei a crer no término de minha existência pacata, sem sentido. Contar as horas, os minutos e, até, os segundos, só para revê-la, exacerbava minha vontade de tê-la próxima. Eu urdia desculpas sobre trabalho para lhe falar o óbvio ou simplesmente me postava emudecido à sua frente. Eu a sabia casada, mas preferia supô-la tão infeliz quanto eu o fora por tantos anos. Do abandono de minha mulher, sequer restou o sonhado filho, apenas dias insípidos, tediosos.

Então, aconteceu o inesperado quando percebi retribuída a paixão que haveria de me destituir de todo discernimento, levando-me a mergulhar em uma emoção cega. Também não me sobrevinha que algo haveria de se opor ao sentimento que eu julgava compartilhado:

— Senti tua falta... Aguardei ansiosa. Me deixas louca.

Mas, um dia percebi arrefecerem seus desejos:

— Não posso continuar. Há meu marido, meus filhos. Lamento. Gosto de ti, mas acabou. Sinto muito.

— Sentes muito? E o que eu sinto não conta?

Aliado à incapacidade de lhe reavivar o entusiasmo, deparei-me com o temor de perdê-la. A frieza que passou a me dispensar, não foi difícil perceber quando do encontro de nossos olhos. Assim, voltei a ser o chefe a quem ela prestava conta do ofício.

Logo, ao lhe rogar por nova oportunidade, a percebi irredutível, indiferente a meus apelos. Inconformado, o desespero me consumindo, passei a vigiar-lhe os passos. À espreita, eu permanecia em meio às sombras até que se extinguisse uma última luz em sua janela. Depois, me entregava ao sofrimento.

Jamais ela poderia supor minha aflição. Das noites insones, me sobejou um corpo arrastado como se fora preso a grilhões e invadido por pensamentos desordenados, incapazes de discernir valores que, até então, haviam norteado minha vida.

Eu estava no inferno.

Não demorou e meu tormento alcançaria o ápice. Assim, do abismo em que senti minha alma mergulhada, extraí a raiva com que planejei a desforra. Precisava esperar a oportunidade certa; mas, antes, queria torturar-me com sua voz:

— Sou eu, queria saber de ti.

— Estou bem. Te peço, não ligues mais.

— Não pode ter acabado, dizias me amar.

— Peço que compreendas.

— Não amas teu marido.

— Mas gosto dele, é um bom homem, merece ser feliz.

— E eu, o que mereço? Me jogaste na desgraça.

— Preciso dar nova chance ao nosso casamento. Combinamos viajar na próxima sexta-feira para tentar um recomeço.

— Para onde irão?

— Iremos a Gramado, meus filhos ficarão com minha mãe, isto se ela estiver melhor. Ela está doente e, como sabes, só tem a mim.

— Ah, irão em lua de mel...

— Te ofereci minha amizade. Se gostasses de mim, compreenderias.

— Está certo, terás a prova do meu amor.

Talvez auxiliado por demônios, naquele momento percebi surgir a oportunidade para executar meu plano.

O suor, escorrendo sob a barba, me causava desconforto. Com mãos trêmulas, eu temia deixar a garrafa cair ou errar o alvo.

O carro surgiu na curva, rodava inconfundível. Ao longe, pouco se distinguiam dois veículos. Nas imediações, nada. Eu precisava agir com rapidez e, ao mesmo tempo, cautela. Então, desci do terreno em aclive e, com o pavio aceso, joguei a garrafa com o líquido inflamável. Ao impacto, seguiu a explosão. E, enquanto me afastava, avistei as chamas espalhando-se sobre o para-brisa; desgovernado, o automóvel derrapou e, ao se precipitar no despenhadeiro, mergulhou no vazio.

Em seguida, do alto, eu pude enxergar o movimento de carros no local. Saindo rápido, entrei por um caminho vicinal e cheguei aonde deixara meu carro.

Quase ao final do retorno, na entrada da cidade, parei num lugar isolado junto a um depósito de lixo e ateei fogo no saco plástico contendo minha indumentária e os acessórios. Retomei o caminho de casa.

Já em meu apartamento, embora presumindo a noite de agonia que me aguardava, havia um consolo.

Eu estava livre da rejeição.

O relógio já assinalara quatro horas da madrugada quando precisei recorrer à forte bebida, na tentativa de conciliar o sono.

Às dez da manhã, sobressaltei-me com o ruído do telefone:

— Quem é?

— Sou eu, pelo amor de Deus, me ouve.

Por um momento, senti o coração acelerar; sem articular palavra, eu não conseguia entender. Depois a escutei:

— Aconteceu uma desgraça, meu marido... Meus filhos... Estou desesperada, não aguento. Vou enlouquecer. Me ajuda, não tenho a quem recorrer. Não sei o que fazer.

— Mas... Não viajaste? Não entendo.

— Ele foi com as crianças, minha mãe passou mal. Como vou dizer a ela? Não vai suportar. Passava da meia-noite quando voltamos do hospital e, como ele não atendesse minha ligação, imaginei que estivessem dormindo. Cedo da manhã, sem retorno, resolvi encontrá-los. Eles não estavam no hotel. Depois, fui à polícia. O acidente... Por favor... Por favor...

Seus gritos bloqueavam meu raciocínio impedindo-me de refletir. Súbito, entremeada a pensamentos confusos, uma frase ganhou consistência em minha mente:

— Finalmente ela será minha.

O ESPELHO

O delegado o interrogava, mas ele não sabia explicar o desaparecimento da esposa:

"Ela sumiu sem deixar vestígios. Acostumado a seus atrasos, de início, eu não estranhei. Depois procurei em hospitais e casas de amigos. As famílias não sabiam informar. Fui ao necrotério e até anúncio em jornal coloquei. Nada, nenhum telefonema ou bilhete. Cheguei a pensar em sequestro, porém, ninguém contatou. A partir de então, eu não soube mais o que pensar. Nos dávamos bem, haviam alguns desentendimentos sem consequências, divergências logo esquecidas. Claro, ela tinha suas manias, era obstinada quando de seus desejos e bastante vaidosa. Às vezes me irritava, mas, como a amava, logo me continha. É certo que gastava muito, passava horas fora de casa à procura de objetos raros. Veja, doutor, nossa maior contrariedade ocorreu há um mês e, como sempre, sem maiores sequelas ao nosso relacionamento.

Naquela tarde, ela percorria uma ruela quando viu um homem idoso, de estatura baixa, parado na frente de uma loja de antiguidades. Ela percebeu que ele tinha, às mãos, um objeto arredondado com armação em dourado e ornada por madrepérolas. Então, aproximou-se, atraída pela luz que a peça emitia:

— É muito bonito, está à venda?

— Este não, mas tem outro que vai lhe agradar.

— Mesmo? Onde?

— Lá dentro.

Ela entrou numa sala, onde pálida resplandecência refletia a variedade dos objetos, na maioria peças em metal. No longo corredor, enquanto andava numa lentidão calculada, os olhos movendo-se de um lado a outro, ela se defrontou com um espelho de grandes proporções. No mesmo instante, sabedora de que lhe pertenceria, calculava as medidas adaptando-as no vestíbulo ao pé da escada de mármore de nossa casa. Depois, não raciocinou ao apanhar o talão de cheques e erguer o rosto para a vendedora:

— Tudo isso?

— Sim, é muito valioso, importado.

— De onde?

— Ah, da África, exatamente do Egito. Teria pertencido a uma rainha. Foi encontrado em escavações no Vale dos Reis. Faz muito que está aqui... muitos anos. O dono recebeu com a compra da loja do antigo proprietário, que obteve de um outro. Impossível precisar o primeiro. Bastante incomum, é uma preciosidade.

— Pode reservar? Amanhã retorno ou, no mais tardar, em três dias. Combinado?

— Claro, esteja certa, será seu.

— É lindo, bem falou o velho que me agradaria.

— Velho? Que velho?

— Ali da frente, me disse para entrar.

— Não sei quem é, apenas eu e meu marido atendemos a loja.

— É? Mas... E o velhinho?

— Velhinho? Ah, a senhora se refere ao mendigo. Às vezes fica parado na frente da loja, não causa maiores transtornos. Já pedimos que se afastasse, mas ele some por uns tempos e depois volta. Ele lhe causou algum incômodo?

— Não, claro que não. Bem, não importa, vou indo. Eu volto.

— Tudo bem, senhora, eu lhe aguardo.

Quando me relatou sobre a descoberta do espelho, em princípio não me surpreendeu; não se continha ao vê-los, chegava ao cúmulo de se queixar de sua falta em elevadores. Muitas vezes, reclamei quando retorcia os retrovisores do carro para contemplar a própria imagem. Ela os colecionava de todo tipo e tamanho;

os pequenos, nas suas bolsas, e os maiores, em nossa casa. Nem falo ao senhor das inúmeras vezes em que, distraído, quase me choquei com as duas paredes de nosso quarto, recobertas com espelho laminado; isto sem contar um, bem maior, em uma de nossas salas".

Quando ela falou o valor, o marido não acreditou:

— Desfazer-se do carro para comprar um espelho? Deves estar louca! É de ouro?

— É muito valioso, pertenceu a uma rainha do Egito.

— Que conversa fiada, papo de vendedor. E, ainda, criam histórias mentirosas.

— Meu carro já está muito usado. Eu faço o que quiser.

— Isto é loucura, estás obcecada.

— Não, estou interessada; me emprestas o dinheiro?

— Claro que não.

— Então, peço para a loja aguardar, enquanto providencio a venda do automóvel. Compro o espelho nem que eu precise entregar a alma para o diabo.

Não adiantaram os inúmeros argumentos do marido e, como tinha pressa, perdeu bastante com a venda do automóvel.

"Pois é, doutor delegado, ela também me contou que, ao retornar à loja, o mesmo velho a esperava:

— Vieste buscá-lo?

Um pouco intrigada, minha mulher disse-me que, desta vez, o idoso lhe parecera mais alto; também possuía um olhar penetrante e havia rouquidão em sua voz.

— O senhor não trabalha aqui e está aí de novo. A dona da loja disse...

— Ando por todo lugar, senhora; às vezes por aqui.

Em seguida, ela pagou o valor da compra e saiu. Na calçada, ainda ouviu o homem:

— Eu vou com a entrega.

E ela não se conteve:

— Ah, não me diga, vais ajudar a carregá-lo?

— Podes crer.

Depois, ela pensava: *Coitado! Mais um dos tantos malucos de rua. Pior que acreditam no que dizem. Falam com uma convicção...*

No decorrer dos dias, ela não cansava de se espelhar enquanto eu me indignava: *Não vale o dinheiro investido*".

E ele continuava sua narrativa ao delegado:

"Sabe, doutor, cheguei a pensar em processar a loja por propaganda enganosa; acontece que ela não me escutava. Extasiada, era veemente em suas justificativas:

— Conforme a vendedora me falou, pertenceu à Nefertiti, uma rainha egípcia. Foi encontrado no Vale dos Reis, em Luxor, junto à sua tumba.

E, ainda, me narrava seus sonhos povoados de reflexos, cores e brilhos".

Decorrido algum tempo, todos a deixavam de lado; as amigas diziam não aguentar futilidades; e a família, escasseando as visitas, dava desculpas.

O marido, por sua vez, passou das reuniões extras

às frequentes viagens de trabalho até o dia em que combinaram jantar no restaurante preferido de ambos, assim que ele retornasse.

Quando soou o telefone, já escurecera e ela estava só:

— Quem é?

— Te arruma, vou te buscar.

— Mas... Quem está falando?

— ...

— Como? És tu? Estás chegando? Tua voz parece diferente, te resfriaste? Alô, alô...

Logo, frente ao espelho, esqueceu o tempo nos cuidados com a arrumação para esperar o esposo:

Maquiou-se, prendeu os cabelos e, em seguida, os soltou. Removeu a sombra dos olhos e, desistindo da cor azul, trocou por rosa.

Combina melhor com a transparência do vestido, ela pensava.

Depois mudou de ideia: *Não. Eu vou de verde.*

Alterou a cor do batom e escolheu um novo sapato. Pensou que os cabelos soltos tornariam sua silhueta mais sexy. Finalizou com a refulgência das pedras multicoloridas dos brincos, gargantilha e pulseiras. Assim, completava o ritual da preparação.

Depois, divagava sobre o próprio visual: *Aposto que estou mais linda que a Nefertiti.*

Súbito, enxergou, no espelho, outro rosto refletido junto ao seu. Bastou pequena fração de segundos para se aterrorizar:

— Mas, como... — disse num sussurro.

Desequilibrando com o sobressalto, ela se chocou com o espelho que, ao se desprender do suporte, amorteceu a queda no impacto sobre seu corpo. Sua sensação de mergulhar numa onda foi simultânea ao ruído da rachadura na superfície refletora.

E o marido concluiu seu depoimento:

"Foi então que, ao abrir a porta, me surpreendi ao ver o espelho meio inclinado na parede com uma grande fenda atravessando-o de cima a baixo".

SINAIS

Foi preciso que eu tomasse uma atitude. Há muito, eu convivia com os avisos; o telefone soava e nada, somente uma respiração contínua, ofegante, seguida de terrível gargalhada. Em minhas noites, aos pensamentos obscuros, seguiam-se os pesadelos me despertando exausta, o corpo inundado de suor. E, ao me dirigir ao trabalho, havia o cão no trajeto da praça. De início, eu temia um ataque, mas ele apenas me encarava com seus olhos negros, brilhantes. Também, passei a escutar sussurros de palavras em idioma desconhecido, sem que eu percebesse qualquer presença.

Suportei a tudo sem me queixar. Como eu poderia falar a alguém? Diriam ser imaginação minha, que eu estava beirando a loucura. Eu adoro crianças, sempre houve meu desejo de ter filhos. Que mulher não sonha com isso? Mas não a este preço. No entanto, agora me culpam: manchetes em jornais, reportagens na televisão e a polícia me fazendo perguntas em meio às ameaças. De que modo explicar a verdade? Ninguém acreditaria que, naquele final de tarde, sequer percebi de onde tinha surgido aquele que possui muitos nomes.

Sentada a um canto da cela, ela experimentava duplo temor: ficar ao alcance das companheiras ou receber a visita mais temida.

Idiotas, elas pensam que não percebo suas tramas, ainda tenho marcas de unhas em meu pescoço, se as guardas não chegassem a tempo... Mas elas não me causam medo. Ele, sim. E, para meu desespero, está de volta. Por que me escolher? Existe tanta gente pior. Rezei muito, mas Deus me abandonou.

A mãe não entendia minhas faltas ao trabalho. Como atender aos clientes se, por efeito da mixórdia, eu vomitava sem parar? Até a agulha de crochê serviu apenas para aumentar a dor. Apertei tanto meu ventre que admiro ele ter sobrevivido. Estupidez minha foi esperar demais. Por fim, só me restou viajar para o interior e alugar um quarto de uma pensão.

O alumínio da marmita contendo o alimento, ao roçar na cerâmica do piso em ruína, lhe causava sobressalto. Sem apetite e contorcida por dores abdominais intensas, ela se dirigiu ao vaso sanitário. E, enquanto contemplava o líquido vermelho manchando a louça encardida e malcheirosa, pensou que a substância poderia lhe ser útil para executar a ideia que começava a tomar forma em sua mente. Logo, os olhos fixos na janela gradeada, ela aguardava que a tarde cedesse lugar à escuridão. E, quando as primeiras sombras desciam sobre o aposento, o medo lhe gerou a tortura de atravessar mais uma noite. Depois, vigiava o local enquanto os pensamentos divagavam.

Sei que agi certo, colocar à porta de alguma casa seria a desgraça da família. Minha intenção foi proteger a todos. Preciso encontrar um meio de afastá-lo. Tenho certeza, ele virá me cobrar a morte do filho. Sinto o sinal de sua presença até em sonhos, como no pesadelo da noite passada.

Um cheiro fétido impregnava o lugar e eu estava com muito medo. Não podia ver, mas sentia a proximidade. Então, eu corria apavorada e, ao cair naquele líquido viscoso, nojento, escutei o choro da criança...

Impossível não interpretar os avisos. De que maior prova eu precisava? Ele ainda não se manifestou, mas sei que está à espreita, camuflado. As autoridades não me levaram a sério sobre a violação, chegaram a ponto de me pedir um retrato falado. Eles não entendem que é impossível descrevê-lo. Para a polícia, foi mais fácil dar crédito ao relato do menino sobre a mulher na ponte. De todo modo, mesmo que me acreditassem, ele jamais se mostraria. É a mim que ele quer.

Trocar a posição, na rigidez da cama, era inútil e, mesmo alerta, ela era invadida por lembranças.

Naquele momento, achei que ele morreria; pediam-me para fazer força, mas não adiantava, estava colado nas minhas entranhas. E, em meio a todo aquele martírio, ao expulsá-lo, percebi que seus olhos eram idênticos aos do cão. Então me senti impotente, era como se eu retornasse àquele dia quando não reagi, pois eu já sabia que a força que me subjugava não era deste mundo. E, junto ao medo, seguido de intensa dor, como se me rasgassem entre as pernas, ainda escutei seus uivos em meio àquele cheiro forte, insuportável.

Sei, todos me odeiam; até as mulheres da diretoria me contaram, com indisfarçado prazer, que minha mãe morrera de desgosto. E adiantava explicar a ela? Quando esteve aqui, falou de seu espanto com as notícias do jornal, que eu havia enlouquecido; depois ainda alegou que teria cuidado da criança. Coitada. Não imaginava o perigo a que estaria exposta. Ela jamais soube de meu desespero na tarde em que cheguei em casa.

Após me trancar no banheiro, cortei minha roupa em pedaços e joguei no lixo. Depois me lavei muito, mas, foi inútil, a semente estava plantada.

No dia em que fugi da maternidade, ele chorava muito. Em seguida, achando que o acalmaria, entrei na igreja. Foi pior, os gritos, que já eram fortes, se tornaram convulsivos. Não demorou para que eu me percebesse sobre a ponte, aguardando que o lugar ficasse deserto. Lá, precisei tapar sua boca para evitar os olhares curiosos. Meu maior desejo era destruir a criatura, voltar para a pensão, me trancar no quarto e esquecer. Só lembro a correnteza carregando o pequeno volume rio abaixo. Eu me senti aliviada, a consciência tranquila. Jamais alguém haveria de imaginar que libertei o mundo. E, ao sair rápido daquele lugar, só pensando em apagar da memória aqueles terríveis meses, me senti poderosa. Eu havia destruído o mal. Acordei com fortes batidas. Ao abrir a porta do pequeno quarto, havia dois homens. Foi numa fração de segundos que entendi o sinal. Ele estava de volta para me punir e, mais uma vez, eu precisava lutar.

Ela não soube o exato instante em que despertou naquela madrugada. Mas estava decidida. Não achava justo que ele a levasse. De costas para o corredor, tentava pedir ajuda, mas as letras escorriam. No silêncio da ala, onde se escutava somente a respiração irregular das prisioneiras, ela não desistia. Súbito, o sobressalto com um vibrar de ruído metálico, fez que virasse o rosto para a porta...

Mais tarde, ao se deparar com manchas de sangue sobre a parede caiada da cela vazia, as duas guardas carcerárias saíram apressadas.

PROMESSAS

Olho teu corpo como quem escrutina uma urna. Procuro razões que justifiquem tua preferência por outro, os motivos para votares naquele que julgas ser, entre tantos, o candidato pelo qual anseias, a solução às tuas esperanças.

Se me fosse possível ler através dos teus olhos, eu diria que estás esquecida dos momentos que trilhamos juntos por ideais que aspirávamos realizar. Agora, detendo-me nas curvas de teus seios, enxergo o mesmo arfar que os acometia de entusiasmo quando me elegias governante dos teus sonhos; sonhos que acalentavas, como mulher batalhadora, por uma sonhada Pátria que haveríamos de povoar com nossa descendência. Próximo a ti, ainda posso sentir o hálito quente de tua boca ao emanar palavras de ordem quando, enrolados em lençóis que, como flâmulas tremulantes, assistiam a nossos lábios colarem-se em desejo. Depois, era a vitória na incansável batalha comemorada com o suor de dois corpos em uma luta sem vencedores. Mas o olhar que acarinhava, hoje eu percebo distante, a me cobrar promessas não cumpridas em meio a supostas mentiras.

Tu acreditas que, dominado pelo poder, ultrapassei os limites no cargo de detentor de tua vida para prevaricar em meu próprio benefício. Também me acusas de me unir a companheiros, numa corporação de infiéis, na busca insaciável de favorecimentos com fins de proteções próprias. Nada dizes e nem seriam necessárias palavras; é a linguagem de teu corpo a me incriminar por te haver desviado de valores, teus bens mais preciosos que, traindo-os por devoção a mim, haverias de pagar altos preços a juros exorbitantes. E há, ainda, minha incredulidade em me qualificares autor de grave delito por tuas longas esperas enquanto eu percorria berços distantes; todavia, era em teu bem-estar que eu pensava ao desfrutar dos lucros pertinentes à minha atividade, um resultado de acordos inadiáveis.

Eu me julgo inocente de tuas acusações; e não são forjadas as provas que te apresento, a fim de que não dês ouvidos às tantas maledicências sobre minha pessoa. Eu posso imaginar os muitos que almejam, deslumbrados com teu poder de sedução, ocupar meu espaço junto a ti e, como se eu fora um animal, urdirem uma cilada no intento de me caçar de tua companhia. São estas as mesmas pessoas que, reunidas em conchavo, visam me desmoralizar a teus olhos; são os mesmos a forjar desmoralizadoras avaliações sobre meu procedimento, enquanto teu parceiro, chegando à insensatez das escutas, no vil propósito de se fazerem cientes sobre nossos projetos de vida. Mas minha consciência, inquestionável, ordena que se cumpra até o fim a lei de nossa indissolúvel união que me pôs a serviço de teus interesses.

Sei o quanto se torna fácil destruir os planos traçados em uma aliança. Muitas vezes me senti esmorecendo ao perceber que, ao te defrontares com denúncias a meu respeito, passarias a ignorar os propósitos em usufruirmos de uma vida grandiosa. Por tramarem às minhas costas, tentei trocar coligações; mas como saber quem pactua com nossos interesses? E de que nos adianta trocá-los se logo estes se tornarão similares aos primeiros?

Estou pronto a provar-te que fui bem-intencionado, mesmo que outros afirmem que traí tua confiança, que não tive decoro ao roubar teus princípios.

E eu, que pensava ser reeleito por mais um tempo ao teu lado; para tanto, me contentaria com outros quatro anos, depois, mais quatro e, quem sabe, reinar perene junto a ti? Poderíamos traçar novas metas, pois não se podem construir, quanto mais executar, inúmeros projetos num período tão restrito.

Peço, me permitas admirar, além das belas pernas, incansáveis ao acompanhar minha jornada, tuas delicadas mãos a aplaudir, entusiásticas, meus discursos sobre até banalidades. Entendo, talvez tenhas cansado das repetidas propagandas sobre grandes realizações e dos tantos compromissos, sobre nossa causa, que eu haveria de executar; posso, porém, compreender tua admirável paciência em ouvi-las e, mais tarde, a decepção com meus incontáveis planos que certas forças ocultas me impediriam de efetuar. Mas, tendo jurado jamais trair a confiança que em mim depositavas, me escolhendo entre muitos, me custa ver chegado o dia de perceber que tua consideração e respeito cederiam lugar ao enfado, à descrença; mais difícil ainda é crer que não sirvo mais para ti, que escolheste um novo partido, mais jovem, liberal... Pensa bem; ao me trocares por outro, poderás cair na mesma esparrela; lembra-te de que, eleitos, nos tornamos iguais, é apenas uma questão de tempo para que, por força das circunstâncias, nossas promessas se esvaiam como plumas ao vento.

Todavia, resta-me o consolo de perceber que, ao apostares por novas e melhores condições de vida, imbuída das mesmas emoções e do orgulho que, de mim, tinhas, verás que um novo preferido, com o passar dos dias, haverá de matar teus ideais mais nobres. Então, quem sabe, a desesperança fará com que lances um olhar ao passado, quase esquecido, para creres que eras feliz e não sabias.

Eu te suplico, não me dês as costas. Pela última vez quero te olhar.

Deixa-me pensar que ainda poderei pleitear por uma nova candidatura ao teu lado. Poderei ser como muitos que se vão e, depois, retornam mais seguros, juramentos renovados, feições restauradas, novas promessas em meio a um sorriso confiante. Se me elegeres, mais uma vez, mandante de teu destino e dono absoluto de teus pensamentos mais secretos, me tornarei novamente poderoso para impedir que alguma massa de manobra te lance contra mim. Haverei, então, de sussurrar a teus ouvidos novas estratégias para que não me desacredites; farei o que for preciso, usarei de todos os meios e recursos para obter teu apoio irrestrito. Em troca, juro que pensarei somente em teu futuro promissor.

Repleto das melhores intenções, pagarei qualquer preço para que possas gozar de benefícios, legitimados para o cargo que irei assumir, sem visar alguma vantagem que não esteja legalizada por nosso pacto. Por fim, estarei certo de que, mais experiente, jogarás fora teus escrúpulos e me darás teu voto de confiança. Por favor, precisas me acreditar. Tem fé. Eu prometo...

O QUADRO

Ele já se conformara com a solidão quando a viu surgir emoldurada com o colorido de um entardecer. A partir de então, ela viria a dar um novo sentido à sua existência.

E não demorou para que, ansiosa em fazer parte de seu mundo, vasculhasse a nova moradia, curiosa com o ambiente revelando um tempo remoto. E foi numa destas incursões que encontrou a tela.

Quando ele herdou a casa, não deu maior atenção à obra de arte que permaneceu esquecida em uma das tantas dependências fechadas, como qualquer outro dos inúmeros objetos pertencentes a uma época da qual só restaria vaga lembrança em meio ao cheiro de mofo.

Arrebatada com a visão das tantas cores, a jovem lhe descrevia sua admiração aos ciprestes, em diversos tons que pareciam proteger o chalé de intempéries, e às plantas, por vezes altas, ora baixas, tingidas do ocre ao amarelo intenso, em conformidade com luz e sombra. Depois, ela passou a falar em restauração, substituição da moldura para lhe dar um maior realce, alguns retoques... E ele não saberia dizer o que mais o cativava: seria a jovem ou seu encantamento pelo quadro?

Mas, um dia, num inesperado, ela foi embora. A partir de então, ele se entregou a um novo isolamento: "Com sua partida, passei a ignorar a pintura, não a olhava nem mesmo para livrá-la do acúmulo de poeira".

Mais tarde, ao perceber que seus dias se tornavam longos, ele imaginou que talvez a presença da paisagem lhe atenuasse o peso da saudade. E foi ao reabrir o pequeno quarto para dispô-la à frente de seus olhos que ele sentiu crescer esta esperança: "Quem sabe, nesta imagem, eu possa encontrar o lenitivo para a dor que me aflige".

Logo, comovido ante a visão, ele lhe dirigia olhares furtivos; então, decorridos os dias, passou a descobrir novos detalhes, tonalidades e contornos. Atentando para as janelas com floreiras ornadas em gerânios multicoloridos, ele se deparava com um luminoso dourado refletindo do interior do casebre que, situado à beira do rio, era circundado por densa vegetação. O quadro o absorveu de tal maneira que, amiúde, seus olhos, de tão exaustos, vencidos, nada mais distinguiam a não ser uma miscigenação de tonalidades em meio a formas indistintas.

Não demorou a que ele ficasse aprisionado à pintura. Mal retornava do mundo exterior, já se postava a sua frente para se deleitar com um vermelho vivo de tinta fresca das três casinhas que, num plano mais afastado, mostravam-se rodeadas pelo colorido de plantas rasteiras. E não raro, face à paisagem, ele se perdia em divagações: "Estar à beira deste rio, navegar por sua correnteza mansa até adormecer rodeado pelo frescor do verde que o circunda. Depois, ao apreciar, através das janelas do chalé, este pedacinho de céu pintado do branco ao pálido azul, poder sentir grande serenidade, quebrada apenas com o canto alegre dos pássaros em meio à melodia cadenciada da natureza viva".

Chegou o momento em que ele se afastava de casa somente para se prover do pouco que o alimentava e suprir necessidades prementes. E, mesmo, ao consequente corte da energia, experimentou a alegre surpresa de apreciar a tela iluminada pela luz da lua, que, após acender a noite, prateava o curso das águas. Porém, ele lamentava o despertar solitário que, junto aos primeiros raios do sol, intensificava a multiplicidade das cores: "Talvez ela percebesse toda a beleza que meus olhos contemplam".

E, embora decorrido tanto tempo, ainda lhe parecia vê-la no dia da partida: "Era como se estivesse derrotada ao me dizer adeus. O rosto coberto pelos cabelos era a desculpa para não me fitar quando, tímida, me pediu a tela: *Ela me servirá como um alento.* Mais por mágoa e desejo em castigá-la, que por amor ao quadro, lhe respondi: *Deixe-a, me ajudará a recordar o abandono*".

Ele nunca mais as viu. Pelo desprezo de uma, abandonava a outra num canto daquele mesmo quarto.

Mas, agora, nada lhe importava a não ser o desejo de mergulhar os olhos na paisagem e, para lá, transportar-se como num sonho.

"Posso me imaginar sentado no deque, feito garoto, a jogar pequenas pedras só para contemplar círculos desenhados no leito cristalino deste rio".

Como, além de sua porta, nada mais o atraísse, já perdido de todo contato com o mundo real, só encontrava sentido nas imagens a que seus olhos davam vida. Então, deslumbrado ante a visão da mescla de linhas e cores, sem perceber o torpor que lhe embotava a mente, ele entrou num torvelinho para transpor nova dimensão onde a vertiginosa sensação de ouvir o rumor de águas junto à melodia das aves passaria a ser parte de si mesmo.

Ele navegava. E, na calmaria do incessante remar, o tempo lhe afigurou eterno. E, já no limite da exaustão, quando as forças pareciam prestes a lhe abandonar, ele enxergou, ao longe, o chalé desenhando seu contorno. Foi então que, lhe sobrevindo o esforço em vencer a distância, havia a ânsia de vê-lo iluminado pelo ocaso.

Naquele momento, ele soube que chegara. Conduzindo o barco à margem, amarrou-o ao deque e subiu, com cuidado, o barranco escorregadiço, até sentir que seus pés tocavam o solo lamacento. Já em terra firme, enquanto contemplava a vegetação sob nuvens muito rosadas, em meio ao reflexo multicor do arco-íris por entre os pinheirais, ele se sentiu inundado por indescritível paz.

Ele percorria um estreito caminho em direção à pequena casa; espreitava porta e janelas aguardando ser ouvido. Sua voz repercutia pelo lugar.

— Olá, tem alguém aí?

Após o ressoar abafado de passos sobre folhas úmidas, ele foi surpreendido por inesperada presença:

— Meu Deus, Marília!

— Cláudio!

— O que fazes neste lugar?

— É onde moro. E tu, como chegaste aqui?

— Vim com o barco. Tinhas saído?

— Sim, depois da chuva a tarde se abriu e eu fui caminhar.

— Senti tua falta.

— E eu, a tua até o fim.

— Foste embora... Por que me deixaste?

— Eu estava doente, não quis tua piedade.

— Vem comigo.

— Não posso, aqui é o meu lugar. Fica.

Os novos proprietários da casa faziam projetos:

— Vai precisar de reforma, querida. É espaçosa, teremos opções.

— Foi ótimo teu pai ter falado sobre o leilão. Grande e sólida, as crianças ficarão com liberdade.

— Bem, antes de mudarmos, é melhor a gente se desfazer desta velharia toda.

— Vou dar uma olhada na parte dos fundos.

— Cuidado com os entulhos. Puxa, que cheiro de mofo!

— Julio, veja este quadro. Que cores lindas, alegres. As nuances de amarelo em dégradé... Notaste que, próximo do barco, o verde é mais escuro?

— É verdade. E, à medida que se afasta da margem, adquire tons claros. Muito bonito.

— Repara, amor, como é conservado, talvez com a troca da moldura, alguma restauração... Meu Deus, dá uma olhada no casal que está debruçado à janela do chalé. De tão bem retratados, é como se estivessem vivos.

DECISÃO

Ando por um caminho sem entender se é uma rua ou estrada; não sei onde me encontro e, quanto mais percorro, mais me aparece a percorrer. Há pouco, percebi uma claridade ao longe que, pensei, pudesse me orientar a um suposto destino. Entretanto, este pequeno foco, aos poucos, foi se extinguindo como se fora uma vela no seu término. E, para aumentar minhas dúvidas, noto uma neblina surgindo, lentamente, sobre este lugar. Então, me esforço para distinguir ao redor, na esperança de encontrar alguém. Mas, não há nada, nem mesmo algum desconhecido que possa me dar alento; também não percebo sequer um cão perdido, um gato faminto ou o ruído de aves a rondar por aqui. Há somente este silêncio angustiante. Minha última recordação foi sentir que, junto a um forte vento, enquanto meu corpo era sugado para dentro de um espiral, havia uma força contrária me arrastando para fora. Depois, tudo cessou. Agora, envolvida nesta triste solidão, resta-me um sentimento de desamparo junto à tênue lembrança de que preciso encontrar meu marido. Mas não sei onde ele está.

Meu Deus, como pude esquecer sua doença? E o medo de que me deixasse para ir ao encontro da outra? Embora transcorrido tanto tempo, ainda me parece ouvi-lo falar sobre ela, o grande amor que os unira e a dor da separação. Porém, um dia, ao notar minha insatisfação em escutar suas palavras, ele foi se calando. Nosso relacionamento era recente e, como eu estava perdidamente apaixonada, eu temia, ao ouvi-lo comentar sobre seu antigo romance com aquela mulher, observar na expressão de seu rosto resquícios da antiga paixão. Mais tarde, persuadida de que tivéramos apenas uma confidência sem importância, conversas que se têm no início de uma relação, procurei esquecer. Mas não esqueci. E, quando o percebia calado, o olhar distante, me assaltava a dúvida.

Estaria ele revivendo os momentos que passaram juntos? Como saber se seus pensamentos não pertenciam somente a ela? Eu me sentia corroída pela dúvida em meio a um ciúme feroz. Mas me controlava, o amava demais para sequer imaginar a possibilidade de perdê-lo. Decorridos meses, com nossa união fortalecida, passei a me sentir mais segura. Tudo corria bem, eu estava feliz, e ele parecia corresponder na mesma medida de meus sentimentos.

Então, para meu desespero, ele ficou gravemente doente, e o muito que eu possuía de felicidade me seria arrancado de uma só vez. Segundo o diagnóstico médico, restava pouco tempo a ele. Veio a espera em meio a dias nebulosos. Então, por esta mesma ocasião, exacerbando, ainda mais, meu tormento, fiz a terrível descoberta.

A outra, sua antiga paixão, falecera há exatamente um mês. A partir daí, entrei em pânico. Isto não poderia estar acontecendo comigo; eu não aceitava a possibilidade de imaginá-los juntos, estava certa de haver conquistado meu lugar em sua vida sob qualquer circunstância. Percebendo que o tempo se exauria, fiquei num impasse.

Eu precisava fazer alguma coisa antes que fosse tarde.

Na certeza de me encontrar frente a uma situação irreversível, pensei que não haveria de permitir que eles ficassem unidos por toda a eternidade. Temendo que isso pudesse ocorrer, eu me perguntava: e quando eu também partir? Como ele poderá me aguardar? Eu abominava a ideia de ser condenada a vagar só e, ainda, imaginá-lo percorrendo seu destino final ao lado dela.

Ciente de que não me restava alternativa, decidi. Era minha única saída. Quando retornei ao médico, obtive sua última e definitiva deliberação. Não havia retorno para ele. Os dias esgotavam-se. Não nego, foi difícil minha decisão, mas, sem ele, vida e morte perdiam o sentido para mim. Imbuída desta convicção, após assistir a meu amor agonizando, tomei o caminho de casa. Por fim, destituída de qualquer raciocínio, sentindo o corpo como automatizado, subi no topo de meu prédio e andei até a murada da cobertura.

GATA BORRALHEIRA

Reportada a infância pobre, ela parecia retornar a um mundo de fantasia, esquecida do real.

Logo, examinava cada detalhe em suas lembranças: a carruagem com as franjas em vermelho, as bolotas douradas. Os penachos dos cavalos, de tão alvos, lhe recordavam o vestido que ganhara de presente.

Também havia o álbum e as figurinhas adquiridas com os centavos que, eventualmente, o pai colocava em suas mãos.

Da mãe, nada esperava; fizera de tudo para atrair sua atenção: chorava por horas seguidas, brigava com os irmãos, sujava-se, rasgava as roupas. Mas havia a irmã, e seus esforços tornavam-se inúteis. Odiava os cochichos, risinhos baixos e olhares carinhosos entre ambas, numa cumplicidade que a deixava de fora. Ela também convivia com uma certeza: a mãe não a amava. Por essa razão, agia como se fora duas pessoas: no lar, a retraída com rancor e, junto aos amigos, a quase feliz.

Nos seus sete anos, o casal mudou-se para o lado de sua casa. Sem filhos, a elegiam como companhia. Carregavam-na para aniversários, visitas e matinês. A mulher lhe cortava os cabelos e lhe contava histórias.

Todavia, jamais se sentiu como filha de ambos, sequer quando a presentearam com a roupa para sua eucaristia.

Certa tarde, após a levarem para assistir ao filme da Cinderela, a presentearam com o álbum; uma dádiva que recebera com um misto de alegria e tristeza. Era seu, mas não lhe pertencia. Tinha o direito de folhá-lo e dispor as figuras em ordem para demorar-se na contemplação; terminado o prazer, acompanhava a mulher a trancá-lo na gaveta do balcão da sala. Um mistério intocável que a fazia se imaginar princesa, dançar no baile e experimentar o sapatinho de cristal. Outras vezes era a gata borralheira que olhava a mãe sair com a irmã, pentear seus cabelos, lhe sussurrar segredos ou lhe falar da esperança de ser cuidada por ela em sua velhice. Naqueles momentos, achava que também poderia cuidar da mãe: haveria de lavar sua roupa, alimentá-la e, ainda, lhe contaria as histórias que aprendera com a vizinha. Como não lhe falasse, certa de que não seria escutada, retornava a seu refúgio costumeiro a um canto da cozinha, onde ajeitava trapos na caixa de papelão para aninhar a gata que, acarinhada, se enroscava em seu corpo; uma cena em que mal se podia distinguir entre o pelo do animal e as cinzas que lhe maculavam o rosto. Quando o bichano, arredio, lhe escapava, voltava a tecer os sonhos na sala do casal, esquecida de retornar a sua casa. Achegando-se cada vez mais a eles, era como sombra despercebida nos instantes fugidios em que cruzava por sua família.

Um dia ela ficou doente. No delírio, ao enxergar a escadaria, sentia faltarem forças para transpor os intermináveis degraus; não demorou a que o contorno do castelo fosse suave mancha que seus olhos febris viam se dissipar. Na lenta convalescença, era mantida sob os olhos dos pais e o peso da gata.

O dia frio e chuvoso a impedia de sair, mas não lhe tolheu a visão para a casa ao lado e, através da vidraça, teve a nítida sensação de que algo mudara. Mais tarde, convalescida, atravessou o beco entre as duas residências e, encontrando um enigmático silêncio nas portas e janelas cerradas, ouviu a mãe: "Teus amigos se mudaram. Veja o que te deixaram".

Em suas mãos, o álbum lhe pareceu objeto desconhecido, folhas sem importância, com o qual brincaria de incêndio.

Meses depois, a irmã fazia quinze anos. Em silêncio, ela acompanhava a mãe que, apesar das dificuldades, não media esforços. Observou os doces e salgados encomendados no melhor local. No bolo, as quinze velas contornavam a bonequinha vestida de branco. Os olhos da mãe reluziam no gozo aos comentários; a escolha do vestido e ornamentos eram o ápice.

"Quero uma grande foto para colocar na sala", ela escutava a mãe repetir em meio às lágrimas.

E, ao contemplar o sorriso do pai, no momento da valsa, ela deixou a sala ruidosa e adormeceu entre corpos menores que o seu.

Certa tarde, enquanto a família banhava-se num rio, a irmã afastou-se da margem. Em seguida, ela avistou dois braços agitando-se em meio às ondulações de águas, mas, imóvel, só atentava para seus pés em desconforto pelo contato com a areia grossa. Num último olhar, quando não mais avistou a irmã, saiu para avisar a mãe.

Por muito tempo, acordaria no meio da noite e, ao amanhecer, recordava o frequente pesadelo: a irmã, vestida com a roupa do aniversário, lhe estendia as mãos sujas de lama enquanto ela tentava livrar o vestido. E, na plantação de abóboras, havia o espantalho sentado no alto da carruagem. Ao se aproximar, o boneco lhe sorria com o rosto da morta.

Depois, tudo serenou. Na casa não mais se falava na irmã. O pai sorria menos, e a mãe transformou-se numa figura taciturna, vagando pela casa, a dor quase purgada na obrigação de viver. Esperançosa, ela a seguia como sombra.

No dia de seus quinze anos, o entusiasmo a fez crer que acabara o marasmo da família. O vestido, retirado da caixa quase esquecida, foi ajustado a seu corpo. Havia, entre parentes e amigos mais íntimos, poucos convidados. Além de alguns salgados feitos pela mãe, o bolo fora comprado na padaria. Embora o sonho frustrado de dançar com o pai e diante do olhar indiferente da mãe, naquela noite sentiu-se Cinderela.

O fim chegou precoce para a mãe. Calada, ela a ouvia em seu leito de morte: "Agora estou feliz, vou encontrar sua irmã".

Mais tarde, as ilusões arrefeceram, e ela deixou de sonhar com contos de fadas. Um dia casou. O príncipe era humilde, o castelo tinha três cômodos, e as crianças eram seu reino. Mas havia uma especial. Às vezes, até lhe esquecia o nome de tanto chamá-la princesa.

O ADVOGADO

Pois é, doutor, nunca imaginei que chegaria o dia em que eu, um homem habituado a impactar um tribunal com minha oratória, haveria de me calar. Muito menos conjecturar a possibilidade de não só pedir por ajuda, mas chegar a ponto de não apenas perceber desvelados meus mais secretos sentimentos, como ainda expor o que sempre julguei abominável em uma pessoa de minha envergadura: a fraqueza.

Eu supunha que a tudo já presenciara; jamais me permitindo abrir mão do controle, achava-me preparado para qualquer coisa. Acontece que, em se tratando delas, as coisas mudavam de figura. Sim, lhe falo de minha mulher e filha que sempre procurei preservar de qualquer contrariedade. Como impedi-las de tomar parte nos acontecimentos? Aconteceu que, em meio às circunstâncias, foi impossível esconder algo das duas. A menina, minha neta... Apenas quinze anos.

Imagine o senhor, que, num dado momento, cheguei até a pensar em milagre. Em dias terríveis, não é plausível agarrar-se a qualquer possibilidade? Ao longo de minha vida, eu me imaginava imune à covardia; de repente, me vi implorando por uma solução mágica. Ora, doutor, pura ilusão desencadeada em momentos de desespero. Já não sou o jovem recém-formado e sonhador, se é que alguma vez o fui. Sonhos acabam quando a realidade nos mostra sua face.

Se o dinheiro foi a meta? Certamente, meu caro. E eu ganhei muito, verdadeiras fortunas. Tive uma vida de opulência. Sem contar a fama que adquiri como uma das maiores mentes jurídicas do país. Alcancei o ápice. E quem diria... Hoje estou no fundo do poço ou, melhor dizendo, no próprio inferno.

É verdade, exercer a advocacia foi um caminho galgado aos poucos. Optando pela área criminalista, eu estava ciente do árduo trabalho que me aguardava. Naquela época, poucas causas ganhavam repercussão. Mas novos tempos surgiram e, com o aumento da miséria e da impunidade, o crime prosperou. E eu, ali, à espera, aguardando para colher os frutos.

Além do mais, o senhor não acha que todo ser humano tem direito à defesa? E que o fim justifica os meios? Bem, foi o que aprendi ao longo de minha formação. Pouco me importava o tipo de gente que eu defendia. Era o meu ofício. E sabe? Eu nutria a pretensão de ser o melhor.

Mas veja que, em meio a todo processo, sempre me impus uma ressalva. Da maioria de meus clientes, eu não soube a cor dos olhos. Estava implícito um tratamento formal de ambas as partes. Um silencioso acordo. É? O senhor acha que eu possuía algum escrúpulo em não encará-los? Até pode ser.

Sim, muitas vezes fui questionado por defender estupradores e assassinos. Mas que posso fazer? Nunca tive a menor crença a respeito da espécie humana, essa quimera pertence aos religiosos. No início, muitos me chamavam advogado de porta de cadeia; eram, em sua maioria, indivíduos pertencentes a grupos de vingadores, os sedentos por justiça que me olhavam com raiva. Sem contar as ameaças dos inconformados com as decisões superiores e incontestáveis, resultantes de minha competente atuação. Mas precisei me cercar, e aos meus, de muita proteção. Nossos carros já saíam blindados das concessionárias e minhas propriedades eram verdadeiras fortalezas. Logo me habituei a viver rodeado por seguranças.

De qualquer modo, alguém teria que exercer esta profissão. Não lhe parece? E sei que sempre o fiz muito bem.

E eu assumo minha eventual falta de integridade ao lhe dizer que não foram poucos os meus clientes inocentados com distorções de provas, álibis urdidos, testemunhas falsas. E, para obtenção de tais benefícios, meu custo era alto. Além de dinheiro, meus honorários também poderiam provir de joias e imóveis ou o que se pudesse arrancar de algum desesperado. Para cada bônus, há um ônus, o senhor há de concordar.

Bem, falar em contratempos? Certamente existiram muitos, mas não na dimensão do que enfrento hoje, aqueles eu solucionava. Como a bala do traficante a milímetros de minha cabeça, injuriado por eu não ter livrado seu irmão de cumprir pena máxima, ou as intimações de juízes por eu haver me excedido em inúmeras ocasiões. O senhor deve imaginar que, paralelamente, houve minhas exigências por reparos sobre atuações, afrontosas, de delegados e da mídia sobre meus constituintes. E, ao defendê-los, era como se fosse eu, em minha própria defesa.

Mas veja que isto se deu no início. Com minha decorrente fama, adquiri maior credibilidade e respeito. Poucos colegas ousavam me enfrentar em pé de igualdade.

Hesitação, dúvida, o senhor pergunta? Por certo me atingiram. Não esqueço a ocasião em que repeli o toque de uma mão quente, suada. Insanidade foi a justificativa que obtive para sua pena. Convenci o corpo de jurados de que meu cliente a cumpriria em hospital psiquiátrico forense, depois de comprovado seu hábito de alimentar-se de partes humanas. Inquirido pela promotoria, respondeu que era uma forma de nutrir-se da força de suas vítimas. Acredito que ele venha a se transformar num super-homem, visto que tomei conhecimento de sua fuga um ano após a prisão. Sim, houve momentos em que vacilei. Vou lhe citar apenas um: alguns dias após minha neta completar dois anos, fui contratado para defender um empresário. Assassino confesso, ele teria mostrado à polícia o local onde enterrara o corpo da filha de três anos. A causa da morte foi estupro seguido de estrangulamento. É como o senhor sugere, devo ter aliado o caso à minha condição de pai e avô... Quem sabe?

Mas, olhe bem, por mais que eu me esforce, não consigo recordar algum desafeto maior ou quem estaria por trás de tamanha vingança. Foram tantos os casos... E escolher logo minha neta, por que não a mim? Uma semana de tortura e eu me perguntando, a cada minuto, para onde a teriam levado. Claro, avisei a polícia imediatamente. E eles não mediram esforços. Num primeiro contato por telefone, fui informado do rapto. Eu pagaria qualquer preço; porém, eles não falaram em valores. Em seguida, o bilhete em letras coloridas contava, em detalhes, a violação. É difícil lhe falar, doutor... Dois dias depois, sua mão decepada, sinais de mordidas, ossos expostos... As unhas pintadas de vermelho e, no dedo anular, o anel de diamante com que a presenteei no aniversário. Tudo dentro de uma caixa de sapato jogada no jardim através do único local onde existe espaço entre grades. Por sorte, os homens chegaram antes dos cães. Incansáveis, as autoridades fizeram uma varredura de uns quinhentos metros nas imediações de minha casa. Mas, nada. Nenhum sinal de qualquer presença nas cercanias. A tensão era tamanha que os homens crivaram a bala um mendigo que estava nas proximidades. Mas era apenas um pobre coitado.

Posso lhe afirmar que atravessar outra noite sob o frio olhar de meus livros e longe dos braços de minha mulher já não me abatia. O que me torturava era o ruído do telefone ou receber novas mensagens em palavras coladas, de forma aleatória, sobre folha de papel.

Cheguei a me perguntar se não deveria estar acostumado. Não se diz que o homem acaba por habituar-se a tudo?

Esperávamos, doutor. Talvez o suplício de um novo telefonema. A polícia permanecia na escuta. Soaram onze da noite; minha mulher e filha, em extrema angústia, aguardavam. O silêncio, excepcional, foi quebrado por um ruído distante de motocicleta. Da janela do meu escritório no segundo andar, após ouvir o barulho se aproximando da guarita, enxerguei o pacote ser jogado do veículo em movimento. Houve grande alvoroço. Os policiais em corrida, junto aos da viatura em frente à casa, aceleraram na perseguição. Tudo inútil, a moto pareceu evaporar-se no negrume da noite. Quando as duas mulheres saíam do aposento, foram barradas e convencidas pela equipe médica a retornar para o quarto. O senhor pode imaginar como eu me encontrava ao descer as escadas? De que modo eu transpus cada degrau até o living? Pode avaliar o momento em que desataram o cordão que envolvia o volume? Terei me tornado insano para resistir a tamanha prova? Por quê? Por quê? Eu bradava enlouquecido. Eu sabia o que me aguardava, doutor. Mas eu não implorei a Deus. Não acredito Nele, doutor. Não acredito.

SANTA

Início de noite e algumas estrelas já pontilhavam no céu.

A lua cheia, semelhante a um grande balão incandescente, após alumiar o amontoado das pequenas casas do morro, avançava sua claridade por entre verdes e empoeirados arbustos, na parte mais baixa da vila; em seguida, como se devorasse a escuridão, infiltrava-se por becos e, penetrando por entre as árvores do alto, terminava por derramar seu foco na pedra mais elevada da colina. Era lá que, ao incidir seus raios, a luz resplandecia sobre o azul da capelinha.

O domingo fora agitado. Conceição sentia-se muito cansada ao refletir: "Já não aguento mais ouvir toda aquela gente. Preciso espairecer, são tantos anos...".

Ela logo desceu e foi caminhar como sempre fazia; andava por ruelas desviando de buracos e evitando pisar no amontoado de lixo displicentemente jogado pelas veredas. O caminho que percorria, parecia tão desolado... Toda a gente trancada em seus casebres onde, a longos intervalos, ouvia-se o choro de alguma criança. Mas ela não sentia a noite fria, sequer escutava o rumor do vento gelado batendo em seu rosto. Temia os cães rosnando à sua passagem ou a indiferença das pessoas com sua presença. Nesses momentos, Conceição era livre.

Depois ela retornou ao mesmo lugar em que, há mais de cinquenta anos, a freira chegara com seu carro-capela; a irmã, ainda jovem em seus vinte e cinco anos, resolveu dedicar sua vida àquela gente tão desprovida de tudo. E o fez por amor, amor ao próximo necessitado. De família abastada, veio de longe para fazer o bem; trocou os prazeres mundanos por auxiliar os pobres. Com frequência, ouviam-na dizer para as jovens: "Eu era igual a vocês; quando mocinha, tinha meus namorados, dançava nos bailes. Mas, ao completar dezoito anos, senti o chamado de Deus. Escolhida para servi-lo, me entreguei a esta missão".

Conceição acompanhou quando o carro-capela cedeu lugar à casinha de madeira aonde os moradores do lugar iam em busca de alívio para suas penas; também assistiu, algum tempo depois, à freira mendigando aos tantos quanto pudesse; incansável, ia de porta em porta de governantes ou dos que chegavam em tempos de votos e das doações interessadas e desinteressadas. Foi deste modo que a irmã pode construir, no lugar da casa pequena, outra maior, que aumentava a cada ano. Pertinaz, entre tijolos e argamassa, ela viu surgir o grande prédio assistencial e, logo, anexo a ele, a escola. Chegaram os professores e funcionários e, depois, os médicos, os psicólogos, o dentista e também o enfermeiro e a assistente social. Conceição ouvia ruídos das máquinas e das ferramentas misturados ao alvoroço das crianças em suas pobres vestes, rostos alegres, mas olhos tristes e esperançosos, na busca do alimento para o minguado corpo numa alma amadurecida à força, semelhante à fruta colhida da árvore antes do tempo.

Às vezes, sem perceber, Conceição se via brincando com os pequenos; então ela sentia saudades do seu tempo de menina quando subia a mesma encosta e corria incansável pelos matagais; e, quando ventava, seu vestido vermelho de chita subia, deixando à mostra as pernas esguias. Pedro, que corria junto à namorada, encurtava o passo toda vez que o vento batia forte.

Depois, Conceição esquecia as lembranças e pensava com desalento: "Eu não deveria estar neste local".

Mas era preciso que regressasse ao mesmo lugar onde, um dia, a colocaram. E não demorou para que algumas pessoas lá chegassem. E mais outras... E ela sentia dó quando as escutava: "Ele foi embora, me deixou... Eu suplico, ela vai morrer... é tão triste minha vida. Por favor... Eu pagarei no domingo. Não vou aguentar tamanha dor. Eu peço... peço... peço... peço...".

Então, resignada, ela enterrava, bem perto, suas queixas, para que as pudesse libertar quando as lembranças voltassem: "Ceição, minha loura, eu te amo".

E a voz se confundia em sua memória: "Seria João? Ou Pedro? Céus, faz tanto tempo!".

Os anos corriam implacáveis; as crianças cresciam e se faziam jovens. Conceição que a tudo via e ouvia, muitas vezes testemunharia o medo, o ódio e a dor ao acompanhar a chegada dos policiais e suas armas enquanto a freira corria em busca dos garotos de olhares temerosos, para os esconder, aguardando que mães impotentes os resgatassem num silencioso murmúrio a si mesmas: "Neguinho, o que andastes aprontando?".

Havia, ainda, as ocasiões em que Conceição se sentia compelida a prestar atenção na mistura dos tantos sons; sirenes em meio ao clamor das vozes das crianças, da súplica das mães, do latido nervoso dos cães e da afronta dos homens: "Parado aí... Denúncia... Drogas... Revista nas casas... Levem...".

Naqueles momentos em que a existência parecia ter ficado suspensa no ar, ela aguardava que algum pássaro, solitário, soltasse com seu canto os rumores de todas as coisas. Os ruídos, as cores, os movimentos e, nos rostos, um novo alento. Era tudo de que ela mais precisava, um ânimo que a faria continuar com uma missão que achava não ser a sua e, para a qual, fora escolhida por vontade de toda a gente desgraçada pela vida, assim como ela também o fora.

E Conceição sentia toda a dor de suas lembranças: "Por que ele fizera aquilo?".

Ainda podia sentir o gosto das suas lágrimas que nem os tantos anos foram suficientes para secar. Cerrando os olhos, fingindo adormecer, havia o desejo de que as recordações fossem embora.

Depois, quando o clamor da vida novamente chegava até a capela, presa àquele lugar, Conceição continuava seu trajeto por entre sonhos, desejos, alegrias e tristezas. E eram tantos os sentimentos nas almas de toda a gente que, em certos momentos, ela não sabia que direção tomar.

Mas, numa certa manhã, ela não pôde se furtar em ouvir, ao lado da marcenaria, as angustiantes queixas das professoras:

— Não dá para aguentar, irmã, eles não têm respeito.

— Ora, minhas filhas, são apenas crianças. Tenham paciência.

— Mas eles não obedecem, gritam todo o tempo. Não fazem os trabalhos, estou quase desistindo.

— Acontece que eles se acostumaram aos gritos. Não desistam, lembrem-se de que, na vida, vocês são a *nata*, e eles, a *borra*.

— E os pais, irmã, nos tratam com agressividade como se fôssemos culpadas.

— Ora, eles sequer sabem como tratar os próprios filhos, são muito limitados.

— São muito sujos, as doenças a que estamos expostas...

— Tenham compaixão, eles são tão infelizes!

Conceição retirou-se atraída por algumas presenças que tão bem conhecia à sua espera. Enquanto se dirigia à capelinha, sentia toda sua impotência em meio a pensamentos: "Outra vez a moça da cadeira de rodas, como ajudá-la? Não foi minha culpa. Eu bem que desejei avisá-la para correr ou ao menos abaixar-se, mas ela ficou parada no meio do tiroteio, o que eu podia fazer? Coitadinha, tinha apenas vinte e um anos e nunca mais pôde andar. A minha idade. E eu merecia aquilo?".

Nem a chuva miúda e persistente, diminuindo a visibilidade, tornava-se empecilho para que tanta gente subisse através das ruelas até o estreito beco sem saída, onde ficava a capela com a santinha, em busca de coragem frente às suas aflições ou para levar uma oferenda em reconhecimento por algum pedido alcançado. E o dia brusco do domingo não foi diferente; ao cair da tarde, com as gotas d'água escorrendo favela abaixo, algumas almas atormentadas persistiam no lugar.

Depois que a noite afugentou as últimas pessoas, Conceição acompanhou, impassível, a forte enxurrada que, ao lavar a capela, conduzia por entre os regos, muitas flores, velas, fotos, cartas... Tudo iria se misturar ao lamaçal do lugar mais baixo do morro.

E, mesmo ao amanhecer, ela ainda podia ouvir as súplicas:

— Minha santa, me ajude a trazê-la de volta. Obrigada, santinha. Agradeço com estas rosas. Obrigado por mais uma semana sem a bebida. Me perdoe.

— Proteja-o nesta hora. Que dê certo a compra. Será que devo vender a casa? Que ele descanse em paz. Fique com meu véu de noiva. Preciso de paz. Estou tão doente...

Então, era o canto alegre dos alunos a despertá-la. E lá se ia ela, para se misturar à alegria, safando-se por algum tempo da tristeza.

Foi em uma destas tardes, em meio ao júbilo das crianças, que Conceição ouviu rumores:

— A irmã. Viagem para se tratar. Muito doente. Coitada!

Misturada ao rumor dos pequenos, pairava no ar uma inquietação. Então veio o tempo de testemunhar, no sofrimento da freira, o início de um martírio.

Acompanhava suas saídas em busca do tratamento; após dois ou três meses, ela percebia no corpo prostrado, o estigma inevitável da doença. Conceição sabia que, mesmo debilitada, a irmã nunca se deixava abater; nem na decorrente rouquidão da voz ou no suor do rosto ela esmorecia.

Conceição indagava aos céus: "Por que ela? Oh, Senhor, por que semeias tantos espinhos em seu caminho?".

Depois, comparava o sofrimento da freira ao seu: "E eu, Meu Deus, que fiz para ser condenada a vagar por este mundo sem um momento de paz?".

E, nos anos que transcorreram, não houve momento em que a irmã fraquejasse; consciente de que não podia afrouxar seu ânimo, tinha em mente que eles necessitavam dela. Como desamparar os tantos miseráveis a lhe expor sua penúria? As vidas deploráveis, a infâmia dos esquecidos, os marginalizados. Eles a aguardavam. De que modo desistir de sua missão? A seu lado, como sombra, estava Conceição, a sofrer toda a angústia e aflição, como se fora em sua própria carne; e, logo, haveria de contemplar, refletida nas tintas sobre a tela, toda a dor que a freira representava em suas noites insones.

Entretanto, ela nunca pôde compreender a resignação da irmã; percebia, nela, algo de antagônico ao seu sentimento de inconformidade carregado há mais de cem anos. Deste modo, maior se tornava a revolta a cada vez que as reminiscências voltavam.

Na manhã do dia doze de novembro de mil oitocentos e noventa e nove, no alto do morro, a suave brisa abrandava o dia mormacento; os três casais, extenuados pela íngreme escalada, sentavam-se sobre algumas pedras, aguardando repor novas energias. Conceição, bela jovem de vinte e um anos, e seu namorado, Pedro, haviam escolhido o local de magnífica paisagem para realizar um piquenique em companhia dos amigos.

Embora procurasse manter uma aparência tranquila, tentando desoprimir-se junto aos companheiros, Pedro, homem violento, carregava na alma uma incerteza; sentia-se corroído por dúvida atroz a respeito do amor e fidelidade da namorada. Então, ao meio da tarde, torturado por desconfianças e incapaz de se conter, afastou-se com Conceição para debaixo de uma figueira onde a instigaria a uma discussão:

— Tudo bem que não fui o primeiro, mas exijo respeito.

— Não sei o que queres dizer. Não entendo.

— Ah, claro que não. Eu te conheço...

— Mas eu não fiz nada, tu estás louco.

— Louco, sim, para te dar uns tapas.

— Diz logo o que há.

— São esses teus olhos que não sossegam.

— Como é?

— Tu pensas que não te vi exibindo-te para o Jorge na cara da Luiza?

— Ora, a Luiza é minha amiga. Tu estás maluco.

— Grande amiga tu és, achas que não sei que dormiste com ele?

— Já estou cheia dos teus ciúmes. Não aguento mais.

— Eu deveria te bater.

— Nem tentes, desta vez não vou permitir que me toques.

— Tu não passas de uma vagabunda.

— Eu quero ir embora, não quero mais saber de ti.

— Tu não vais te ver livre de mim tão fácil. Te mato antes.

— Pensas que eu tenho me...

Num ímpeto, Jorge arrancou-lhe a blusa. Na tentativa de se recompor, Conceição levou as mãos aos seios e propiciou que ele a imobilizasse para jogá-la de encontro ao caule da figueira; então, cambaleante, ela começou a gritar por ajuda enquanto tentava se desvencilhar dos braços que lhe limitavam os movimentos.

No instante seguinte, Conceição viu, apavorada, o brilho da faca nas mãos de Pedro; paralisada pela surpresa e impossibilitada de qualquer reação, ela sentiu apenas a leve ardência no pescoço. Depois tudo se apagou. Degolada pelo namorado, Conceição caiu debaixo da frondosa árvore, junto a uma poça de sangue.

Lentamente, ela voltava das suas sofridas memórias: "De que adiantou me tirar a vida de modo tão horrível, para morrer seis anos depois? Ele, sequer, teve tempo de cumprir a condenação".

Sem demora, ao lado da figueira onde foi morta, ela presenciaria a chegada das primeiras pessoas que, lá, subiam para rezar por suas desditas e, mais tarde, a construção da capela com a chegada da santinha. Tudo em sua homenagem na intenção de cultuar sua memória. Com o passar do tempo, passaram a levar oferendas por alguma graça que, através dela, acreditavam haver recebido.

Depois de alguns anos, Conceição ainda acompanhou o surgimento de uma comunidade muito humilde que, pouco a pouco, foi se instalando no local. E, no decorrer dos anos, ao mesmo tempo em que se sentia cada vez mais solidária com aquela gente pobre, mais aprisionada ficava àquele lugar e ao destino que lhe fora imposto. Entretanto, crescia, em seu espírito, o desejo de algum dia se libertar.

O morro amanheceu de luto pela morte da freira; a garoa fina que caía eram lágrimas do alto que se misturavam às de baixo. Conceição não pôde conter o pranto por toda a gente lastimosa a prestar sua última homenagem à sua tão querida benfeitora. E, em cada rosto que presenciava havia, misturado ao sentimento da perda irreparável, um desejo de gratidão.

Logo, a seus ouvidos, repercutiam vozes que traziam as lembranças de um passado não muito distante:

"Ratinho, a freira conseguiu te encaminhar para a Caixa Econômica. Vai agradecer, guri".

"É Natal, vai haver distribuição de presentes para as crianças, corram logo".

"Não chore, Cabeça, a irmã já mandou vir a ambulância".

"O Faquir chegou, saiu da prisão; hoje ele vai trabalhar no almoxarifado, pois a freira falou que ele precisa sustentar a família".

"A irmã quer ajuda para embrulhar os ovos de Páscoa. Vamos, crianças".

"Valmerão, te apressa, a irmã te inscreveu para jogares no Inter".

"Vai logo te apresentar, Pedrinho, a irmã conseguiu as máquinas de datilografia".

"Menina, pede para a irmã o dinheiro para comprar o caixão".

"A freira consegue, ela arruma o valor dos medicamentos".

"Veja, as doações que a irmã conseguiu. Vai ter quermesse, torneio, gincana, vacinação... Os professores organizaram um baile. Haverá uma missa campal para os moradores. A servente fez cachorro-quente para o dia da criança".

A irmã discutiu com os policiais, chorou com as pobres mulheres no dia das mães, sorriu com os bebês, gritou com os governantes, padeceu com as meninas grávidas, sofreu pela fome e pela ignorância, pelos maus-tratos, pela violência, pelo vício, pelo preconceito, pelo ódio, pelo desprezo e pelo desamor. Então, seu grande coração não aguentou tanta dor, e ela morreu.

No outro dia, o vento empurrou as nuvens para longe, e a tarde resplandeceu. Conceição, com o coração transbordando de esperanças, aguardava ao lado da capela; não havia pressa, pois tinha a eternidade; além do mais, já esperara tanto...

As pessoas retomavam suas vidas; logo, tudo e todos ao redor voltavam a ocupar seus lugares. As vozes dos adultos, o chilrear dos pássaros, o grito estridente das crianças e, nos arredores, o latido dos cães em meio a alguma música ao longe. Era o barulho de todas as coisas.

Na direção de seus olhos, não muito distante, ela viu uma figura ofuscada pelo brilho do sol, caminhando lentamente ao seu encontro. Conceição não se surpreendeu quando a freira chegou. Então, fez o pedido:

— Preciso ir, irmã. Eu lhe rogo, fique em meu lugar.

— Mas este local te pertence.

— Não, nunca foi meu, colocaram-me aqui.

— Por favor, eu não sou digna.

— Ninguém é mais merecedora do que a senhora.

— Não sei, não pude concluir minha missão.

— A senhora fez muito mais do que qualquer outro teria feito.

— Ah, filha, quanto tem ainda a ser feito por toda essa gente sofredora.

— Outros talvez venham, sei que poderá levar muito tempo, mas é preciso ter esperança.

— O que é preciso é ter amor, muito amor.

— Eu lhe suplico, irmã, me liberte. Preciso ter paz. Fique por eles.

Mais uma vez, a freira não pôde negar um pedido; então, humildemente, fez da capela a sua eterna morada. Enquanto seus olhos acompanhavam Conceição, que já se tornara um pontinho no horizonte, ela pensou: "Pelo menos estou perto deles".

E, do alto, Conceição olhava os casebres, a capela e, por último, o morro diminuindo cada vez mais, até desaparecerem de sua visão. Seguiu livre na busca por um novo caminho.

Mais um domingo que chegaria trazendo muita gente com os pedidos e as orações. As flores aos pés da santa, as oferendas e o cheiro de velas expandindo seu aroma pelo ar. Ao entardecer, aos poucos, a capela era deixada; e, quando as trevas já subiam para cobrir com seu manto o lugar tão venerado, a obstinada jovem, ao mover sua cadeira de rodas, para se retirar, falou admirada:

— Veja, mãe, meus dedos dos pés estão se mexendo...

O BURACO

— Eu já falei a vocês; ele contemplava as cores do arco-íris quando desapareceu. Ao me levantar naquela manhã, eu esperava encontrar o mesmo cenário de todos os dias. Uma triste repetição, tédio de sentir raiva. É, raiva mesmo, como a que sinto agora quando percebo que não me acreditam. Está certo, sei que não falaram, mas pensaram. Já cansei de repetir, aquele dia foi diferente. Muito bem, posso contar tudo novamente; quem sabe, desta vez, se darão por satisfeitos? Era cedo e eu me sentia sonolenta, pois, o velho acordara a noite toda. Ainda estava escuro quando fui me certificar de que nada mudara fora de casa. De início, tudo me pareceu igual; em seguida, quando olhei com mais atenção...

— Acho que isso não nos interessa. Nós queremos é saber dele. Havia saído?

— Bem, pensei que ele estivesse no banheiro. Eu já imaginava a sujeira; o vaso respingado de urina, as fraldas arrancadas... Seria sorte se a cama não se encontrasse imunda.

— Ele não saiu de casa?

— Claro que não, sempre tranco a porta. É que naquela noite... Também, não me posso lembrar de tudo. Mas me deixem concluir. Bem, como eu dizia, naquela manhã eu supunha encontrar o sol despontando, porém o que avistei foram nuvens correndo para todo lado, nem pude acreditar, foi preciso que eu esfregasse os olhos para enxergar.

— Mas eu quero saber é do paradeiro dele.

— Ah, Jorge, não me interrompa, eu explico. Logo, tudo se encontrava desarrumado, havia um verdadeiro caos lá fora. Tive que fazer enorme esforço para me acostumar com aquela confusão.

— Desarrumado de que jeito? Do que estás falando?

— Ora, minha filha, além daquela desordem, ainda, sem imaginar onde ele se metera. Sabem o que eu acho? Que deveriam ter se preocupado antes. Lógico, sempre estive por aqui, vocês ficavam livres, tranquilos. Agora, calem a boca que não acabei de falar.

— Foi o trato, não é? Tu eras a única com disponibilidade e solteira. Além do mais, recebia pelo serviço.

— Que grande remuneração! Tudo bem, eu era uma filha exemplar. Lembram o João? Depois teve o Carlos. Também não esqueço o Julio. Os velhos eram exigentes, ninguém servia para mim. Com certeza era melhor que eu ficasse em casa ouvindo as histórias sobre o arco-íris.

— Tens que nos explicar onde ele se encontra, temos compromissos. Essa tua enrolação não adianta de nada.

— Não estou enrolando. Havia uma abertura, um buraco no céu se abrindo até onde a vista se perdia.

— Estás nos contando sobre algum sonho que tiveste?

— Eu estava bem acordada. Tanto que, antes de me levantar, pensei em chamar os pedreiros para concluir o buraco que eu mandara fazer no quintal.

— Afinal, de qual buraco estás falando?

— Para fazer a piscina. Eu achava bom que ele pegasse um pouco de sol, nadasse... Sabiam que ele nadava? Além do mais, comendo lá fora, não me daria tanto trabalho. Estava quase todo escavado, mas encheu com a chuva.

— E onde está a enfermeira que me prometeram?

— Não desconverses, continua com a tua historinha.

— Afinal, e o nosso pai?

— Ora, só pode ter entrado no buraco.

— Ele caiu na piscina?

— Não, não é desta abertura que estou falando. Acontece que ele sempre falava sobre o pote de ouro no final do arco-íris. Lembram? Passou a vida repetindo. Mas por que este interesse repentino de vocês? Até parece! Já retornaram das viagens? E as sacolas com os meus presentes? Não vão me entregar? Quem sabe um dia eu aproveite? No mercado é que eu não podia usar. Então, eu aguardava o Natal, esperava que corressem até aqui com as lembranças e dizendo as baboseiras de sempre: "Tu mereces o céu, Deus vai te recompensar".

— Isso não importa, nós temos pressa. Só precisamos saber onde ele se encontra.

— Ah, não querem ouvir? Vão escutar, sim. Ou, se preferirem, vou falar que vocês deram sumiço nele. Ah, eu só queria ver os três trocando fraldas, dando comida na boca, ouvindo as mesmas conversas o dia todo, as teimosias, os choros... Sabem quantas empregadas aguentaram nestes anos? Três e por poucos dias. Primeiro ele se insinuava com elas, falava palavrão; depois, implicava, tratava mal as coitadas. E, para completar, colocou veneno de barata na comida da última. Paguei um alto valor para que ela não fizesse a denúncia. Ah, tem mais, escutem isto: no ano passado, ele sumiu; chamei até a polícia. Foi encontrado perambulando no Centro da cidade, ensopado da chuva. Teve uma pneumonia que quase acabou com sua vida inútil. A partir de então, quando eu precisava sair, ele ficava trancado.

— Nós não ficamos sabendo de nada.

— Ora, claro que não, são muito ocupados, para que se incomodarem? Eu que me virasse como fiz a vida toda; eu corria do trabalho para não deixar os velhos sozinhos. Ainda bem que, quando a mãe morreu, eu já estava aposentada. A partir daí, foram as vinte e quatro horas do dia. Dedicação total a ele. Anos e anos até eu não aguentar mais quando ele começou a caducar. E ainda se acham cheios de razão. É, tenho que agradecer as roupas usadas. Está tudo guardado: três bonequinhos do Nordeste, um brinco de plástico de Paris, um cartão em chinês, pena que não sei ler o idioma. Lembram as bolachas da Alemanha? Ele comeu no mesmo dia. Lógico, guardei a lata de recordação. Mereci os presentes, não é verdade? Então, por que me acusam? Tenho culpa se o velho foi atrás do arco-íris? Afinal, vão me deixar concluir?

— Fala rápido — impacientou-se um deles.

— Como eu dizia, havia um enorme buraco, tipo caverna, bem acima da nossa casa. Não sei se ali iniciava ou terminava o arco-íris. Demorei algum tempo admirando. Depois, preparei o café e chamei por ele, mas não me respondeu. Pensei que estivesse no banheiro, que nada, nem sinal do velho. Em seguida, ao entrar em seu quarto, vi a janela aberta; logo, tornando a olhar para a rua, tudo havia normalizado.

— Somente tu, claro, assististe a este espetáculo. E os vizinhos? Não presenciaram nada?

— O que os três queriam? Que eu perguntasse se alguém assistira ao fenômeno? Nem pensar, os cientistas que se ocupassem disto. Além de tudo, era cedo e não havia ninguém para presenciar a cena. E, como ele só falasse no pote de ouro, imagino que tenha se introduzido buraco adentro. Então chamei os homens para cobrir a cova. Para que eu precisaria de piscina? Esperei três dias para avisá-los, precisava me certificar de que ele estava sumido, de que não tinha se escondido como costumava fazer.

— E esperas que acreditemos?

— Depois de tudo, ainda têm coragem de duvidar de mim? É o que ganho por todos estes anos de sacrifício. Pensam que estou maluca? Vou falar com a vizinhança, pode ser que alguém, ao ver que ele se introduzira no buraco, não quis se comprometer. Se aconteceu uma coisa destas, nem fiquei sabendo. Eu não tive culpa!

— O que vocês dois acham, chamamos ou não a polícia?

FESTA DE CASAMENTO

Sônia tinha a voz alterada enquanto falava ao marido:

— Não devo satisfações a ninguém. E, embora me custe, tolero aquela gente maldosa. Fica, eu vou só, afinal, a prima é minha. Faço por ela. Mas se para ti for sacrifício...

— Não se trata disso, não gosto de cara feia, mau humor. Estou cansando.

— Problema teu, meu caro. O que esperas? Que eu me comporte como se tudo estivesse bem? Há muito tempo finjo não ver nada. Está certo. Mantenho as aparências. Também eu já estou farta.

— Não sei do que reclamas. Vives imaginando coisas.

— É, os telefonemas anônimos e os bate-papos na internet, tudo fantasia minha; ah, também exagero ao dizer que bebes demais.

— Ora, levas tudo a sério; muitas coisas não passam de brincadeiras.

— Brincadeira é eu ainda estar casada contigo; sabes que não preciso de ti, a hora que eu desejar meu pai te coloca para fora da empresa. Quero te ver sem as mordomias. Sem um tostão no bolso.

A tensão refletia-se no rosto de Jorge; e, tentando dissimular, na intenção de dar alívio à emoção exacerbada da mulher, ele falou:

— Vou preparar uma bebida antes de sairmos. Já volto.

E Sonia recomendava, ao vê-lo com os copos:

— Não te excedas; não imaginas o quanto ficas inconveniente quando passas do limite. Me deixas morta de vergonha.

Em razão das palavras da mulher, vibrando como golpes em sua mente, além de sentir alimentado seu ódio, havia a justificativa de que, há muito, ele necessitava. Logo que ambos deixaram a casa, nos copos sobre o aparador, restou pouco menos da metade dos drinques.

Era uma bela cerimônia de casamento que logo seria comemorada no melhor salão de festas da cidade. Na capela, decorada com rosas brancas, os convidados ostentavam trajes impecáveis e, os noivos, assemelhavam-se a personagens extraídas de uniões entre reinados. A suntuosidade da festa reportava Sonia aos contos de fadas. Em virtude da ocasião, o casal firmava trégua; envolvidos na solenidade, pareciam adiar os ressentimentos.

Na metade do culto, Sônia atribuía à bebida a leve vertigem que sentia. Qualquer dose, por menor que seja, pode fazer a diferença, ela pensava.

Ao pressionar a mão sobre o estômago, tentava minimizar a dor. Atento, o marido a observava levantar-se:

— Estou me sentindo mal, meio tonta. Vou sair um pouco.

— Queres que eu te acompanhe?

— Não, com certeza vai passar, aqui está muito abafado.

O marido notou que na sua expressão a dor assomara. No retorno da esposa, a ouve pedir:

— Está doendo muito, acho que não vou aguentar. Me leva de volta para casa, lá eu tomo algum remédio e aguardo um pouco.

Já em casa, ela fazia as recomendações corriqueiras:

— Volta para a festa, assim que eu me sentir melhor, ligo para o pai me buscar. Inventa uma desculpa, diz que eu retorno em seguida. E não vás beber demais. Tenta te controlar.

— Eu entendi muito bem. Antes vou ligar para a farmácia. É melhor que deites, daqui a pouco te sentirás melhor.

— Dói muito, não aguento... Arde demais. Pede, rápido, qualquer coisa.

Ele a ajudou a deitar-se, esperou uns minutos e saiu com suas reflexões:

— Não vai precisar de atendimento. Tomara que morra logo. Desgraçada!

Sônia contemplava um ambiente extraordinariamente iluminado. Admirada com o luxo da festividade, caminhava sutilmente, parecia deslizar entre os convidados, o leve vestido esvoaçando. Ao redor, murmúrios abafados e, nas mesas decoradas com lírios de um branco impecável, as mulheres reluziam em suas vestes e adornos. Em meio ao tilintar dos cristais, os homens, vestidos a rigor, encontravam-se tão distantes que ela mal percebia o movimento de seus corpos. E era para aquela direção que Sônia se encaminhava. Mas ela observava que todos pareciam não perceber sua presença; notava-os envolvidos em mesuras aos convivas.

Onde estaria Jorge e por que não viera recebê-la, ela se perguntava.

E, enquanto percorria o grande salão, sua mente fervilhava: "Deve estar bebendo por aí, se é que já não está totalmente embriagado; certamente se esconde, não quer que eu o encontre. Miserável!".

Ela passou por uma sala impregnada do som distante de um piano, mas não se deteve, vagava numa procura obstinada. Súbito o viu. Em traje de gala, na sua silhueta distinta, destacava-se a fisionomia confiante. Ele sorria, sorria muito. Próximas, as jovens, embevecidas, também sorriam, todos se alegravam. Ela se aproximou, tentou lhe falar, mas ele parecia ignorá-la.

"Cretino, finge distrair-se, quer me castigar. Não perdoa o que lhe digo. Para ele, não existo; além do mais, ele sabe que não reclamo perto de estranhos, evito as maledicências. Como sempre encubro os fatos, ele se aproveita da situação. Preciso encontrar alguém. Sim, minha prima, devo cumprimentá-la".

Sônia encaminhou-se na direção de algumas pessoas fotografando junto aos noivos, na intenção de felicitar o casal. Próxima ao grupo, ela sentiu que lhe tocavam, de leve, no braço.

— Lembra de mim, Sônia?

— Ah, não sei... Claro, é a senhora, tia Eulália. Tantos anos que não lhe vejo que, até, pensei... Mas a senhora não mudou. Está muito bem.

— Você também, continua bonita como sempre. Parece perdida na festa, precisa de ajuda?

— Não... Sim, claro, estava à procura de meu marido. Ele me ignora, está bravo porque lhe disse umas verdades. Deve ter falado mal de mim já que todos fingem não me ver, me desprezam. Com certeza minha prima pensa que me aborreci na igreja; mal sabe ela que passei mal. Ainda me dói o estômago. Ele me paga.

— Ora, querida, fica calma, não te preocupes, tudo vai passar.

— Não, não passa nunca. Ele verá do que sou capaz. Veja, é aquele ao lado da jovem de azul. Não para de beber, certamente já está insuportável.

— Deixe, minha filha, tranquilize-se. Abandone estes pensamentos que só te fazem mal. Por que não retornas à tua casa? Eu te acompanho.

— Mas preciso cumprimentar a todos. O que vão pensar? Sem dúvida, sou o assunto do momento.

— Não importa, um dia todos acabam entendendo.

— É, acho que vou aceitar sua sugestão. Não estou bem, aliás, me sinto péssima. Quero descansar.

Jorge chegou muito tarde. Abriu a porta do quarto e olhou para a cama onde Sônia aparentava dormir profundamente. Voltou para a sala e, cambaleante, pegou um dos recipientes com a bebida, entornou no ralo da pia do banheiro e, depois de lavá-lo, colocou no lixo. A embriaguez o impediu de perceber a tênue marca do batom na borda do cristal com o restante da bebida que ingeriu, lentamente, antes de se jogar na poltrona.

NA OBRA

O coração do homem batia forte ao vê-la. Na cobertura circundada por um muro de vidro coberto por um emaranhado de plantas, tendo ao centro a piscina de água muito azul, ela se distraía regando flores; depois, entretida com música e leitura, parecia desconhecer o roubo de sua privacidade.

À medida que subiam os pavimentos da construção, a visão da mulher do prédio à frente tornava-se lenitivo para o árduo trabalho. Mas, decorrido algum tempo, num contraste com a ascensão do edifício, seu ânimo decaía; perceber as cortinas cerradas e um permanente silêncio no apartamento do outro lado da rua, além de transportá-lo à realidade, lhe exacerbava o mau humor. E, quando a desesperança parecia prestes a jogá-lo num marasmo, lhe afigurando fazer parte do material com que executava, mecanicamente, seu ofício, ele tornava a enxergá-la através de vãos entre o rebocar de tijolos. Debruçada sobre o parapeito do terraço, a imagem feminina, quase esmorecida em sua memória, lhe reacendia o desejo. Depois, encerrar a jornada com morosidade, aguardando que não restasse o menor ruído de alguma presença, contemplá-la até o entardecer seria seu grande momento.

Mais tarde, distante do trabalho, lhe era custoso lidar com a culpa enquanto acarinhava os filhos e sorria desajeitado para a mulher. Também não conseguia encará-la no leito, na busca por um corpo que não era aquele. E, aos finais de semana, inquieto, contava os minutos de um tempo, aludindo sobre o tédio daqueles dias prolongados. Intrigada, a companheira percebia que, simultâneo ao esforço em amenizar sua negligência com a família, ele era dominado pelo anseio de que as horas disparassem.

Houve também o dia de imaginar que ouvir o som daquela voz desconhecida lhe aplacaria a obsessão:

— Alô, quem está falando?

— Com quem o senhor deseja falar?

E ele escutava calado.

— Alô. Alô, quem é?

E, não raro, ao término do serviço, simulando retirar-se com os companheiros, ele retornava à obra onde permanecia até o anoitecer. Faminto e cansado, ele se mantinha à espreita, divagando:

— Toco a campainha do apartamento e invento qualquer coisa. Acho que já me conhece, só precisa de uma "mãozinha".

Mas, em seguida, com a dúvida o acovardando, ele permanecia por longo tempo na companhia dos dois cães de guarda, sem atender ao celular, temeroso de que a voz da esposa o despertasse para o mundo real. E, antes de se retirar, acompanhava, através da janela encortinada, o vulto da mulher, num contínuo deslocar, até que a sala mergulhasse na escuridão.

O domingo amanheceu brusco; nuvens acinzentadas ensaiavam a nova estação. Ele acordara cedo de uma noite insone e, sua excitação, não passou despercebida pela esposa que, calada, o observava andando de um lado a outro no exíguo ambiente da casa, atenta ao seu olhar deslocando-se da porta ao relógio na parede. Mais tarde, ao final do dia que lhe pareceu interminável, o ponteiro assinalou o horário do carteado com os amigos.

O homem saiu de casa por volta das vinte horas, sob uma fina garoa. Quase uma hora depois, ele estava à frente da cerca limite do terreno da obra. Pensamentos desordenados povoavam sua mente: "Tudo calmo, a rua deserta... Preciso olhar para ela, mesmo que seja de longe. Mas pode ter saído, é domingo".

Esgueirando-se, entrou através de um vão na cerca de madeira, chamou os cães e subiu as escadas internas. Pretendia postar-se o mais alto possível a fim de obter visão abrangente. No último pavimento, o andaime era o melhor local. Então, meio desequilibrado, ele tentava puxar a corda. Na terceira tentativa, prestes a colocar um pé sobre a tábua, sua atenção foi desviada para o ruído seco de uma batida de janela. Atraído pelo barulho, resvalou na madeira umedecida e perdeu o equilíbrio. Poucos segundos o conscientizaram da queda: "Meu Deus, vou cair!".

Ele mergulhou de uma altura de vinte metros e seu corpo esfacelado formou uma poça de sangue sobre o concreto. Após o baque, ouvia-se apenas o grunhido dos animais.

Na terça-feira, a mulher da cobertura lia a manchete no jornal.

— No domingo, pedreiro escolhe local de trabalho para cometer suicídio.

Então, comentava com o zelador:

— Veja, seu João. Nós, tão próximos e, no entanto, como imaginar...

COMPANHEIRO

O homem o acompanhou até o local. Parado, olhos ao redor, meio incerto sobre o ambiente, ele inspecionava a nova moradia. Em seguida, atravessou a porta de madeira, acesso à construção inacabada, que o funcionário lhe indicou. Tratou de se proteger antes que vertesse a chuva anunciada com o estrondo de trovões e dos raios que clareavam pontos isolados. Temia as intempéries e o desconforto do corpo molhado pelas enxurradas. Incumbido de guardar a obra, faria companhia a outro mais velho. O serviçal antigo, de apelido Gordo, por sua compleição obesa e atarracada, recebeu o novato com visível contentamento, na esperança de atenuar a solidão do ambiente cercado por alto muro. Nos três anos em que cuidara o lugar, já sem forças para os arroubos da juventude, o velho se dobrara à má sorte. Sons externos exacerbavam seu desejo de liberdade. Nem a idade avançada impedia seu sonho de perambular por caminhos desconhecidos, mesmo precisando contar com a caridade alheia. Com o físico enfraquecido, já não poderia dispensar o módico alimento diário que os responsáveis pelo local eventualmente entregavam para que, no cuidado aos materiais de construção estocados no esqueleto de concreto, pudesse coibir eventuais roubos. Então, conformado, baixava a cabeça sobre o corpo arqueado.

Naquela manhã, apesar do mau tempo, estava alegre. Um companheiro viria a minimizar seu isolamento. Mais tarde, repartiriam o fardo da vigilância sobre o terreno, a exposição aos perigos e o escasso sustento entregue por funcionários da empresa.

O entendimento entre os dois e a fidelidade aos proprietários surpreendia alguns vizinhos que, não raro, completavam suas necessidades mais prementes. Alcançavam a sobra de comida nunca rejeitada e alguma coberta para aquecer seus corpos em dias frios. Por muito tempo os parceiros, embora submetidos ao confinamento, mantinham o desejo de, quem sabe, um dia poderem perambular pelas imediações.

O velho mudou com o tempo: atitudes agressivas e alterações do humor eram precedidos pela raiva. Parecia desafogar, no outro, suas frustrações por anos de clausura. Ou, quem sabe, achasse que a antiguidade na função lhe dava o direito de ludibriar na partilha do alimento. Amiúde, rechaçava o companheiro a ponto da agressão física. O respeito à idade ou o temperamento submisso que, de início, inibiram o jovem logo viriam a tornar o clima na obra insustentável. Foram as queixas da vizinhança, incomodada com o tumulto constante, a causa da transferência do Gordo, que, dias depois, ficaria à disposição do vigia de uma loja de materiais de construção, acompanhando-o na ronda da manhã e parte da tarde. No restante do dia ele descansaria.

A natureza dos seres vivos tem seus caprichos. O que se supunha um alívio se tornou um sentimento surpreendente para o mais novo: grande tristeza abateu-se sobre ele. Ou estaria o sossego do ambiente, outrora ruidoso, o deprimindo? Difícil saber. A partir de então, custando a aparecer para a inspeção ao local ou lagartear ao sol morno, como fazia com o amigo, ele se recolhia mais cedo. Era inegável a falta que sentia do companheiro, quem sabe, até habituado à sua enérgica liderança. E, mesmo com maior autonomia no direito de ir e vir, ele aparentava estar extraviado no ambiente inóspito. Entretanto, por forças da circunstância, necessidade de sobreviver ou um senso de fidelidade, ele se conformava; exercia, então, seu papel com eficiência sob olhares benevolentes de quem o admirava perseverante e resignado. Mas, talvez, ao atingir seu limite, um dia fraquejou. Teria cansado da vida isolada? A verdade é que o sono inquieto passou a despertá-lo a intervalos curtos; comia menos, causa de emagrecimento, e se mostrava melancólico.

Certa manhã, agitada por ruídos e vozes do exterior, algo lhe chamou a atenção. Do primeiro andar da obra, através de ampla abertura planejada para ser uma janela de frente, percebeu uma agitação inesperada. Várias máquinas preparavam o solo do terreno no outro lado da rua. Então, alegrou-se ante a perspectiva de ver surgir a oportunidade para escapar da sua vida de eremita. Por algumas semanas, após ter observado a agitação que antecederia a vinda dos operários, ele criou expectativa. Quem sabe chegara o tempo de mudar de ares ou até cercar-se de gente? Passou a se imaginar zelando em local de grande afluência de pessoas. E sem necessidade da ajuda de outro. Estava convicto de que daria conta.

Valeu a pena a persistência. Chegou o dia de se transferir. De espírito manso, não foi difícil conquistar a simpatia e, depois, a confiança dos homens. Também não olhou para trás, após abandonar a obra e atravessar a rua até a nova construção. Quem de fora observasse veria nosso amigo bem-aceito e até festejado por todos. Aos cuidados do zelador, recebia alimentação e um canto para suas necessidades e descanso. Convertido companheiro do vigilante noturno, fazia a ronda desfrutando do novo convívio. À menor suspeita, ele estava alerta, pronto para auxiliar. O amanhecer, naquele ambiente impregnando do rumor de trabalhadores, mestres de obra e engenheiros, em meio a ruídos ensurdecedores de máquinas e ferramentas, era tudo com que nosso herói sonhara.

Após um ano e meio, erguido o prédio de seis andares, dois antigos residentes da vizinhança conversavam:

— Ficou bonito, cara.

— É, ainda bem que construíram rápido, eu já não aguentava o barulho.

— Pelo menos não parou como esse aí do lado, quase dez anos e sem término.

— Sabia que o vigia adotou o Negrinho? Levou quando foi embora.

— Não me admira.

— Pois é, ficaram inseparáveis.

— Que bom, eu sentia dó, ficou abandonado, triste mesmo, quando levaram o outro.

— Tudo por causa das brigas. O gordo estava matando ele de fome.

— Era muito mais brabo apesar de velho.

— Soubeste alguma coisa dele?

— Sim, o dono do depósito para onde foi levado me falou que ele tinha morrido. Não era para menos, estava com quase dezesseis anos. Ficou cego e não caminhava mais.

— É... vida de cão não é nada fácil.

ROUBOS

Depois da morte do irmão, Leonora passou a viver só, na velha casa de três andares. Ocupava o do meio e alugava os outros dois. Nos últimos anos, pouco saía e raramente recebia visita. O ambiente era lúgubre e impregnado do cheiro de mofo resultante da pouca ventilação. Por onde se olhasse, os resquícios de um tempo antigo comprovavam a idade avançada da moradora. E não havia o que cativasse na desarmonia do rosto ou no temperamento irascível exacerbado pelos anos. Mesmo mantendo janelas e portas cerradas, com luzes refletindo imprecisas, como o bruxulear de velas, alguns sons enigmáticos despertavam fértil imaginação nos vizinhos.

Um dia, Beth chegou com seus gatos para locar o andar superior e, em seguida, Júlia e suas gêmeas instalaram-se no térreo. A boa localização e o módico valor compensavam as rabugices da locadora. Elas logo se acostumaram, pois o encontro mensal com Leonora, para saldar os aluguéis era breve.

A Beth cabia pagá-lo no primeiro sábado de todo mês. Da porta de entrada, olhava, sorrateira, a xícara exalando o aroma do chá sobre um primor de mesa com tampo de mármore, suspensa sobre pés em metal dourado, esculpidos no formato de flores.

Domingo era o dia de Júlia contemplar, furtivamente, o espelho em moldura cravada de pedras multicoloridas, refletindo a variedade dos cristais ordenados no móvel da parede à frente. Nem as reclamações da velha sobre os transtornos dos bichanos circulando e exalando mau cheiro e sobre o alvoroço das meninas influenciavam a saída das locatárias:

— Deixa que reclame, meus bichos não incomodam — dizia Beth a Júlia, que, displicente, falava sobre algumas recomendações às filhas adolescentes sobre o excesso de barulho.

Ao término de um dia quente, após uma brisa morna de pouca duração, uma chuva torrencial inundou o que podia. Enquanto Beth fechava janelas e protegia seus animais, Júlia olhava o líquido escuro escorrendo através do lustre da sala. Deduzindo alguma infiltração, ela subiu a escada lateral que dava acesso às três residências; bateu à porta de Leonor, mas, sem obter resposta, regressou para casa. Como a água vertesse aos borbotões, só lhe restou chamar os bombeiros. Subindo pela parte externa, após desentupirem o ralo situado na sacada do quarto da velha, os dois homens, por sugestão de Júlia, entraram na casa e se depararam com Leonor caída ao lado da cama.

No período em que o corpo da mulher esteve no Instituto Médico Legal até o contato com o único sobrinho, a casa permaneceu fechada.

Um dia, Júlia teve a ideia. E, como a chave de Beth abrisse a porta da casa de Leonor, elas entraram. Vasculharam os ambientes, curiosas em desvendar segredos. Mas, segundo se diz que a ocasião faz o ladrão, não demoraria a que, lenta e persistente, surgisse a cobiça. A sujeira crônica, aliada ao ambiente sombrio, criava um aspecto funesto. Tudo cheirava a velho no quarto de Leonora; restos de vela derretida, cobrindo pedestais de santos, seguiam em pingos solidificados sobre a cômoda e, depois, no tecido, em brocado, do pequeno banco para, finalmente, se perderem entre as pedras translúcidas do rosário de cristal jazido na cama. Em seguida, em curta maratona, a atenção de ambas se direcionou para a louça do banheiro.

Da cor branca que fora, graduava num descorante salpicado de ferrugem que circundava metais e ralos. Mais alguns passos e as duas imobilizavam-se à porta da cozinha, onde o cheiro de gordura saturada mesclado à fetidez da caixa de esgoto, aliado a uma discreta fuga do gás, era nauseante. Em outro dormitório, avistavam cacaréus acumulados em caixas de papelão tomadas por traças, quase bloqueando a porta. Por fim, elas quedavam na grande sala. Frente ao espelho, Júlia admirava o reflexo de seu rosto enquanto Beth, após tocar de leve a fina espessura de copos e taças, abria gavetas ocupadas por faqueiros de prata. Aproveitando uma réstia de luz da única janela entreaberta, elas não falavam, apenas alguns sussurros e, no cuidado em não serem vistas ou ouvidas, pegavam o que podiam na incerteza de voltar. No primeiro dia, carregaram o espelho, muitas taças, xícaras de porcelana chinesa e a pequena mesa. Agiam no silêncio, em meio a uma leve penumbra.

Na ocasião seguinte, Júlia colocou um quadro tosco sobre a marca que o espelho deixara na parede. Havia a precaução em não deixar vestígios. Em seguida, divididas entre o desejo de se afastar do amontoamento de papel amarelado e roído de insetos, havia a curiosidade por livros e revistas de cunho religioso ajuntados em prateleiras e gavetas do balcão da sala. Manuseando folhas com datas antigas escritas em letra ilegível e em idiomas que desconheciam, eram surpreendidas por figuras grotescas e símbolos satânicos. Súbito, com a lembrança das meninas, elas organizavam o local e se retiravam.

Dias depois, a casa foi colocada à venda pelo único parente vivo.

E, quando a vida das vizinhas parecia tomar seu curso, coisas estranhas se iniciaram.

Júlia suspendeu o espelho na parede de seu quarto acima da cômoda e guardou as taças no armário da sala.

Naquela noite, seu sono povoava-se de imagens. Ela se contemplava no espelho. Mas, no momento em que se comovia ante a visão das filhas, quando bebês em substituição a sua imagem, ela estremeceria com o susto. No lugar das faces sorridentes das meninas, surgia o semblante sisudo de Leonor.

Beth dispôs a baixela de prata sobre a pequena mesa e organizou as xícaras na estante da sala.

No sonho, Beth chorava sobre uma carta de sua falecida mãe. As lágrimas que vertia, após escorrer sobre o mármore da mesa, transformavam-se numa poça de leite que alimentava seus gatos.

As amigas comentavam os pesadelos. Depois os esqueciam.

Certa madrugada, a sede fez Beth levantar-se da cama. Mas ela estava em dúvida. Sobre a mesa da cozinha havia uma xícara de porcelana contendo água que ela tinha certeza de não ter retirado da estante.

Era tarde quando Júlia, distraída com a televisão, aguardava a chegada das gêmeas. Por breve momento, ela teve nítida sensação: ao fundo do corredor imerso em escuridão, alguém a observava. E, ao se dirigir à cozinha, percebeu resquícios de alguma bebida nas duas taças dispostas sobre o granito da pia.

“Essas meninas não aprendem, já falei que este tipo de objeto quebra fácil”, ela pensava.

Em seguida, no sobressalto à chegada das jovens, os cristais lhe escaparam das mãos para se espatifarem no piso.

Questionadas, as garotas diziam desconhecer a razão dos recipientes se encontrarem fora do lugar e que não haviam ingerido nada.

Beth enxotava a gata que tentava equilibrar-se sobre a prateleira da estante. Acuado, o bichano contorceu o corpo e, chocando-se com duas xícaras, saltou e caiu no assoalho junto às porcelanas despedaçadas. Possessa, ela corria atrás do animal.

Ventava no dia em que Júlia chegou do mercado com as compras; ao entrar em casa, tendo as mãos ocupadas com a bolsa e várias sacolas, lhe foi impossível conter a estrondosa batida da porta de seu dormitório. Chorosa, ela lamentava os destroços de vários vidros de perfume junto a objetos decorativos e dois porta-retratos atingidos com a queda do espelho sobre o aparador.

Mas ele estava fixo com bucha. Ela repetia a si mesma.

Absorvida na leitura, Beth pressentiu uma respiração forte e descompassada próxima à sua nuca. Do seu desejo, enganoso, da presença de algum gato, lhe restaria o corpo estremecido pelo medo.

Júlia enfrentou outro tipo de temor.

Recolocado o espelho, lhe pareceu perceber, na imagem de seu rosto, muitos traços de envelhecimento. A cada dia, nova ruga, manchas e o ressecado da cútis, até então, sedosa. Depois, espelhando-se em diferentes locais, era como se houvesse rejuvenescido da repentina decrepitude. Certa noite, enquanto aplicava cremes e loções, tinha convicção de que seu aspecto era de uma anciã. Apavorada, ela chamava as filhas.

— Que foi mãe, por que os gritos? — falou uma delas.

— Olhem como está o meu rosto.

Ambas asseguraram não haver nada de anormal em sua aparência.

Ao amanhecer do dia seguinte, as taças e as peças restantes eram enroladas em papel e colocadas dentro de sacolas ao lado do espelho.

Com frequência, Beth enxergava, de esguelha, a antiga locatária sentada e segurando alguma coisa na altura dos lábios. Ao fixar os olhos, a aparição se dissipava; em seguida, uma xícara surgia como mágica sobre a mesa. Então, ela atribuía esquecimento em seu hábito do chá após o almoço. Entretanto, as repetições passaram a lhe infligir um medo que sequer a companhia dos gatos atenuava. E não demoraria a que as xícaras, junto aos demais objetos, fossem embrulhadas em folhas de jornal e colocadas numa caixa de papelão junto à mesinha de mármore.

Depois das confidências acovardadas para alardear os acontecimentos, as vizinhas decidiram se desfazer dos objetos:

— Presenteamos alguém — falava Beth. Júlia achava que deveriam vender.

Não será difícil, percebe-se que são artefatos antigos e valiosos, concluíam ambas.

No desejo de se verem livres das peças, aceitaram a primeira proposta na loja de antiguidades e dividiram o lucro.

— Gasto tudo com meus bichinhos, faço um estoque de ração.

— Dou às meninas, elas que usem no que desejarem.

No sábado, enquanto as filhas de Júlia entregavam as bolsas contendo celulares, carteiras com documentos e todo o dinheiro aos dois assaltantes, Beth cobrava do gerente do mercado a ração envenenada que matara seus doze gatos.

APENAS UM MENINO

Ela estava certa de que o odiava e mais certa ainda de que possuía motivos de sobra. Não era seu filho, portanto não se sentia obrigada a nada; o que ocorresse não seria problema seu. Enquanto preparava o lanche, remoía seu conflito: “Quando conheci Jorge, não imaginei que tivesse este garoto. Ele sequer fora casado, por que ser forçada a aturar esta criança de um caso de anos atrás?”.

Ela se queixava dos finais de semana quando se sentia pressionada a levá-lo em passeios, alimentá-lo e, ainda, conviver com suas travessuras.

"Sempre criando problemas. Logo eu que não quis ter meu próprio filho, agora não tenho sossego. De início, tentei convencer o pai a não assumir compromisso com um guri que, talvez, nem fosse seu. Mas ele foi irredutível, dizia estar certo de que era o pai e de que tinha responsabilidades para com a criança".

Ela tentava disfarçar sua contrariedade ao assistir ao marido presentear o garoto, seus permanentes afagos e brincadeiras, além da sua inesgotável paciência com teimosias e birras. Nesses momentos, dominada por insegurança, havia o temor de que o garoto pudesse se interpor entre ela e o companheiro: "Daqui a pouco ele se desinteressa de mim, já que só tem olhos para este marginalzinho. Ah, meu Deus, até quando irei resistir?".

Todavia, convencida de que impor suas razões não seria a melhor estratégia, ela mantinha o controle. E, no esforço em representar, esperava descobrir uma saída para seu tormento, caso contrário, acabaria maluca.

Em suas noites insones, principalmente naquelas em que o garoto permanecia na casa, arquitetava uma maneira de expulsá-lo sem que precisasse se indispor com o pai. Elaborava os mais inimagináveis planos para se ver livre de um menino que, até no aspecto físico, principalmente após ter conhecido a mãe, a irritava. Enxergava, no rosto infantil, semelhanças com os traços da mulher. E, embora ele fosse loiro e de olhos claros como os do pai, ela também negava-se a reconhecer o parentesco entre os dois.

Mais tarde, percebendo que o companheiro se tornava frio e distante ao notar sua má vontade para com seu filho, lhe assaltava novo temor: "E se meu marido retomar o caso com a mãe? Afinal, é solteira e eles têm um vínculo".

Assim, relutante, planejava uma mudança de tática ao encenar a tranquilidade que estava longe de sentir quando precisava conviver com a casa em desordem e os gritos e correrias pelos ambientes. Mas se permitia inventar dores e indisposições para trancar-se no quarto e, por algum tempo, ver-se livre de uma companhia cada vez mais constante.

Entretanto, ciente de que não poderia proceder deste modo por muito tempo, aproveitava-se das ocasiões em que, a sós com o garoto, lhe causava temores com histórias supostamente infantis e lhe demonstrava o estorvo de sua presença. Em algumas ocasiões, chegava a ponto de chorar, copiosamente, enquanto urdia, ao pai, falsas atitudes de desrespeito do menino para com ela.

Não tardou para sua imaginação correr fértil.

Supunha-o acometido por alguma doença fatal, tipo meningite, ou, quem sabe, vitimado por desastre de carro ou acidente doméstico. Depois, persuadida da impossibilidade de se concretizarem suas fantasias, retornava ao mundo real: "Eu preciso pensar, calcular com precisão ou corro o risco de me comprometer".

Começaram as enxaquecas e ansiedades em que os remédios só antecipavam novas crises. E, com o ódio exacerbado, se via forçada ao uso de sedativos para serenar o corpo porque, à mente, somavam-se novos devaneios.

Imaginava-o ingerindo uma overdose de medicamentos ou veneno para ratos que costumava colocar no sótão. E sua obstinação não parava por aí: "Poderia engasgar-se com um osso de galinha ou com algum espinho dos peixes que o pai trazia de suas pescas. Não seria surpresa cair da janela, afinal, é tão agitado".

Na manhã de terça-feira sentia-se impotente e sonolenta; a ingestão das drogas não pôde, em nada, atenuar sua permanente raiva. À noite, percebeu o marido que, olhando-a intrigado, interrogava sobre seu repentino sono e desatenção às suas carícias. Após alegar cansaço com a desordem da casa, ela deixava claro que compreendia as travessuras do menino enquanto lhe afirmava: "Não me custa nada, sabes que também o amo".

Na manhã em que subia os degraus até o sótão, conjeturando sobre o fracasso de suas tentativas em descobrir uma saída para seu infortúnio, escutou o baque de um saco de lixo jogado do alto de um prédio à frente de sua janela. Foi neste instante que teve a ideia. Mas sabia que, para executá-la, precisaria ser paciente, planejar com calma.

Era início de tarde quando insistiu com o marido para que ele fosse ao futebol à noite; argumentou que, neste ínterim, levaria o garoto ao shopping.

Nas dependências do estabelecimento, o movimento já se fazia fraco; de mãos dadas com o garoto, ela começou a percorrer loja por loja durante mais de uma hora, um período em que examinava cada local atenta ao olho indiscreto de alguma câmera. Durante o trajeto, o menino pedia, insistente, que lhe comprasse um sorvete. E ela lhe repetia: "Daqui a pouco eu compro".

Não demorou e o garoto, extremamente cansado, desejou ir embora. Então, poucos minutos antes que as lojas fechassem, após comprar o sorvete, ela o levou até a mureta de proteção do andar superior onde havia poucas pessoas nas proximidades. Em seguida, disse-lhe que, antes de tomá-lo, ele deveria olhar para baixo e ver o palhaço colorido. Logo o menino lhe perguntava, inclinando o pequeno corpo, as mãos apoiadas no corrimão: "Tia, tia, onde ele está?".

Aproximando-se sorrateira e cautelosa, ela o empurrou e, em seguida, começou a gritar para as poucas pessoas que se encontravam meio distantes.

Não foi difícil simular um estado de choque e aparecer, para o pai, com os olhos vermelhos enquanto argumentava: "Não tive culpa, foi em questão de segundos; enquanto eu procurava o dinheiro na bolsa, não notei que ele havia se afastado".

OVELHAS

O amanhecer se fez noite. Aos raios que riscavam o céu iluminando o pequeno povoado, seguiam-se os trovões ecoando através dos montes. Temerosos, os habitantes do local creditavam a dias de tormenta, presságio de desgraça. Trancados nas casas, eles ficavam à espreita. Enquanto alguns cobriam espelhos, outros guardavam facas e tesouras. Nas rezas, havia a esperança de que as nuvens se dissipassem e o sol voltasse a brilhar.

O alvoroço das aves, junto ao balido de ovelhas, despertou João, que, depois, em meio à fúria dos ventos, corria incansável. Ele verificava porteiras, galpões e as cancelas sacudindo nos estábulos junto ao ruído seco de portas e venezianas em sucessivas pancadas sobre as paredes de seu casebre. Por fim, como habitualmente fazia em dias de tempestade, concluindo que estava tudo em ordem, ele se dirigiu ao galpão da Mama, tirou a roupa encharcada e se aconchegou. Aguardava que a chuva amainasse, abraçado ao corpo lanudo que o aquecia.

Todavia, no lugarejo, os rigores do inverno logo abrandavam em razão das duas montanhas que se erguiam por trás do aglomerado de casas rústicas.

Os moradores do lugar, pessoas simples e unidas por uma existência em comum, subsistiam da cultura da terra e da criação de ovelhas. Mas algo os ligava; alguma coisa que, pairando no ar, como plumas em dias de vento ameno, criava uma cumplicidade silenciosa ou, quando muito, gestos e sons articulados que não demoravam a se dispersar.

A propriedade de João localizava-se afastada da vila onde se encontravam o pequeno comércio, a igreja e as dependências da delegacia. Além do pastoreio, ele vivia do cultivo de produtos agrícolas. Contando com o maior número de ovinos da região, ele decidira, há anos, quando passou a dirigir os negócios, que, de suas terras, jamais seria abatida alguma ovelha; delas, somente contava com a venda do leite e dos seus derivados, além da lã.

Homem tosco, ele possuía algo de grotesco: na compleição forte e atarracada, havia um rosto onde os maxilares pareciam insuficientes para o ressaltado da arcada dentária, e os pequenos olhos possuíam a mesma cor palha dos cabelos enrolados.

A vida de João poderia ser considerada quase um mistério.

Filho único, ele fora criado por uma tia; o desconhecimento sobre sua mãe gerou um enigma que, quando menino, tentou desvendar.

— Não a conheci. Ela morreu quando eras muito pequeno. Eu cuidei de ti como se fosse tua mãe. Mas não vamos falar sobre este assunto — respondeu a mulher.

Assim, ele esqueceu. Aos vinte anos, após a morte da tia, João ficou só; eventualmente, contava com algum empregado quando o trabalho o exigia. A vida rústica, sem amores ou amigos, ele compensava na dedicação por suas ovelhas e, de modo especial, à Mama, mais antiga do rebanho, dócil como as de sua espécie, ela vivia cativa no galpão próximo ao curral. E, sobre ela, sabia-se que era descendente de certa ovelha sacrificada de modo misterioso, após o nascimento de uma cria.

João afastava-se da fazenda somente para se abastecer do necessário. Vendia os produtos obtidos da criação junto a legumes, verduras e alguma fruta, além dos ovos ajuntados das galinhas. Provendo-se no velho armazém, já não o surpreendiam os olhares de desprezo ou curiosidade e, raramente piedosos, da maioria das pessoas. Acostumara-se às palavras ou frases que lhe chegavam incompletas e sussurradas; também não o abatia algum riso baixo quebrando o silêncio desconfortável dos lugares por onde passava.

Nos primeiros anos de sua infância, João não compreendia a razão da hostilidade e zombaria de alguns moradores do lugar, em meio à consequente reação da tia: "É apenas um garotinho. Não se envergonham?".

Não frequentar a escola, privado da companhia de outras crianças, isolava-o num mundo de poucos saberes onde contava, apenas, com os ensinamentos da mulher que o criara. Recluso, amiúde, cercava-se das ovelhas que amava acima de qualquer coisa e de um jeito que ele mesmo não compreendia. João alimentava-as com feno e silagem ou as conduzia ao pasto. Quando o clima abrandava, ele fazia a tosquia para que os rigores do inverno as encontrassem lanosas.

E, assim, neste modo de vida, se afastando do convívio de todos, João não escondia sua contrariedade nas ocasiões em que recebia o pároco munido de sugestões para que ele frequentasse a igreja. Mas orar por alguém era algo que lhe fugia à compreensão; ele aceitava que, como seus animais, as pessoas também deveriam morrer. E discursos sobre perdão e alma não encontravam ressonância em sua simplicidade. Além do mais, ele não possuía a menor intenção de se juntar aos demais habitantes do local. Deste modo, era visível sua impaciência até que o religioso tomasse o caminho de volta ao povoado.

Mais tarde, recostado à porta do celeiro, lhe parecia escutar as palavras do religioso repercutindo em sua mente: "Sua tia, coitada, morrer daquele jeito...".

Então, ele buscava as justificativas: "O que eu podia fazer? Iam acreditar que não tive culpa? Foi melhor assim, salvei a Mama que, como as outras, só vai morrer de velha. Por mim, todos podem ir para o inferno. Se alguém aparecer para me acusar, vai acabar tendo o mesmo fim. O que a velha estava pensando? Queria sacrificar a Mama. Achava que ela não servia. Mandou o Sebastião acabar com ela. Se não chego a tempo...".

Depois, João lembrava que sua interferência, impedindo a morte da ovelha, incitou sua tia a trazer à tona acontecimentos por anos ocultos: "Depois do falecimento da mulher, meu irmão vivia muito só. Então, eu cheguei para passar uns meses com ele. Tempos depois, acordei com o barulho dos homens. Chovia muito. Atraída pelo alvoroço, espiei através das tábuas do galpão e vi os empregados fugindo, em meio à tormenta, para nunca mais voltar. Apenas um empregado ficou ajudando. Havia todo aquele sangue... Nem gosto de lembrar. Teu pai, de tão desesperado, não pôde suportar. Ele morreu dias depois, mas, enquanto agonizava, quis me falar. Pediu que eu esquecesse a noite do teu nascimento e que te cuidasse. Ainda escuto o berreiro horrível na hora do sacrifício da ovelha mãe".

O nervosismo da mulher exasperava João; ele não queria ouvir o que ela dizia; em sua fala, havia algo que lhe causava desconforto. Então, rogava que ela se calasse. Mas era inútil. Ela parecia não escutá-lo, e seus gritos misturavam-se ao rumor dos animais. Logo, João perdeu o controle e a empurrou. Desequilibrando, após cair, ela bateu com a cabeça no arado.

Mais tarde, ele disse ao delegado: "Ela estava correndo atrás de uma galinha e tropeçou. Não pude fazer nada".

A ÁGUA

Pequena cascata jorrava do vaso envolto pelas mãos do menino esculpido na fonte. No rosto angelical, os olhos brilhavam incandescentes. No instante em que a lua prateava a água cristalina, ao colocar as mãos sobre a borda do chafariz, a mulher percebeu a imagem de seu rosto distorcer-se.

Ela acordou em sobressalto e, sob a tensão do pesadelo, capturou as cobertas dispersas, puxando-as sobre a cabeça. Em seguida, entre a vigília e o adormecer, tentando emendar a noite, escutou um ruído. Levantou-se e atravessando o corredor, chegou à sala. Como o som aparentasse oriundo do andar superior, subiu até o salão e dirigiu-se a uma débil luminosidade.

Um arrepio me percorria o corpo. Meu coração pulsava forte, parecia escapar-me do peito. De minhas mãos e rosto, o suor escorria abundante; estática ante a visão, eu não conseguia me afastar. Em seguida, retrocedendo, observei a claridade ampliando até formar o esboço de uma figura em pálido azul, circundada por aura prateada e semelhante ao aspecto humano, com altura elevada. Tornando a recuar, percebi a imagem se contorcendo. No semblante disforme, havia círculos chamejantes. O medo me dominou. Tentei gritar, mas minha voz paralisara. Sem saber por quanto tempo mantive corpo e mente inertes, ouvi sussurros: "Rejuvenescer vinte e cinco anos... Cinco pessoas, partes iguais".

Junto ao alívio de perceber que o espectro sumia, notei sobre a mesa um copo de vidro contendo um líquido transparente semelhante a água.

Eu mantinha os olhos fixos no objeto. Em meus pensamentos, as palavras surgiam fragmentadas. Depois, mais calma, consegui ordená-las.

Outro pesadelo? Impossível. Ao subir as escadas, eu estava desperta. Foi uma visão. Mas quem era a criatura, de onde surgiu e qual a razão do aparecimento? Pensei em acordar o Cláudio, mas ele não acreditaria. Parece-me ter ouvido sobre juventude. Partes iguais? Sim, eram cinco.

No que entendi, eu deveria dividir o conteúdo e distribuí-lo entre cinco pessoas. De que modo? Ah, já sei. Separo iguais medidas, cuidando para não desperdiçar. A quem escolher? É muita responsabilidade. Difícil decidir. Seria um soro da juventude? Até pode ser, mas não eterno, limita-se a vinte e cinco anos. E depois? Quais as consequências? Preciso refletir. Quem sabe jogar fora e não pensar mais no assunto? Talvez seja substância perigosa, não sei, mas não seria precipitação, considerando-se o benefício de rejuvenescer?

Mais relaxada, recostada no sofá, o olhar sem desprender do copo, ponderava alternativas.

Tomando-o, eu voltaria aos trinta e cinco anos. Uma idade e tanto, novas oportunidades... Mudar de vida, viajar. E se fosse para repetir o passado?

Cláudio retornaria aos quarenta anos, época em que mais tristeza me causou. Chegava tarde em casa. Que horror enfrentar tudo novamente. Também não posso esquecer as dificuldades, o fracasso com a padaria. Empréstimos com meu irmão, acusações da família, os filhos interrompendo os estudos.

A quem dar as partes restantes? A Vera retornando a um ano de idade tudo bem; só que faltariam cinco anos para nascer a Sônia. Eu nunca abriria mão de minha filha. E se eu oferecesse para minha mãe? Acredito que ela aceitaria. Mas, supondo que eu não bebesse, teríamos quase a mesma idade. Bem esquisito...

Tantas conjecturas lhe franziam o semblante. Pensava muito. Calculava as situações. Seria possível nascer novamente? E quanto aos meninos? Incorrer na mesma tortura? Jorge regressaria aos treze anos. Quase enlouqueci quando os médicos falaram em tumor no cérebro.

Compensaria sofrer novamente visando juventude? E as drogas? Tanta angústia nos quinze anos do Lucas, as internações. Sem contar que o Pedrinho não existiria. Como posso ter certeza de que, no futuro, voltaria a ser meu neto? Bebendo deste líquido, eu ficaria mais jovem, Cláudio adoraria.

E os vizinhos, amigos e parentes? Talvez imaginassem que nos submetêramos a plásticas. Como justificar nossas aparências? E a falta da Sônia? Dá para imaginar a mídia questionando a veracidade dos fatos? Seríamos taxados de vigaristas, mentirosos. E os documentos com fotos incompatíveis com nossos rostos? Não teríamos respostas. E se mudássemos de cidade ou país? Quem sabe vender parte ou todo o conteúdo? Arrumaríamos um dinheirão. Não, fora de cogitação. Parece que já percebo todos caçoando. Nem admitiriam a possibilidade de examinar tal líquido. Por outro lado, se acreditassem, correríamos risco de vida. Sem dúvida, muitos usariam de qualquer meio para obter a poção.

Talvez doar para um estranho. Que sono! Como estou cansada! E se oferecêssemos a um cientista? Seria o ideal. Mas quem? De manhã, clareiam-se as ideias. Se neste momento eu contasse ao Cláudio, ele diria que sonhei, não me daria crédito.

Ela não afastava o olhar do recipiente. Refletiu por muito tempo. Amanhecia quando o sono a dominou.

— Que horas são? Dormi no sofá. Será que sonhei?

Ao se levantar, avistando um jovem olhando na sua direção, ela perguntou:

— Quem é você?
— Como, quem sou eu? Ainda estás dormindo?
— Eu não entendo...
E, no copo, restavam três quintos do líquido.

MELHOR NÃO OUVIR

Ela não recorda se algum dia possuiu audição no ouvido esquerdo; recorda que, quando criança, penava com as otites.

Depois, o pai a levou ao médico; fez audiometria, e nada. Parcialmente surda. Com o passar dos anos, percebeu os prejuízos decorrentes desta limitação quando, eventualmente, não ouvia o que lhe falavam. Surgiram os constrangimentos dos han, han, constantes, junto às solicitações a que lhe repetissem palavras ou frases e por aí afora. Com novos exames, ao se constatar a possibilidade de se submeter a uma cirurgia, a família achou que haveria riscos, afinal, tratava-se, na época, de uma cirurgia na cabeça. E ficou por aí. Mais tarde, surgiriam os prejuízos na escola e, depois, na faculdade. Perdia muitas explicações e, aliado a uma timidez, quem sabe decorrente do constrangimento com a deficiência, sentava-se ao fundo da sala de aula.

Embora esta surdez não fosse empecilho a que concluísse os estudos, houve certo equívoco na escolha da profissão: necessitava de grande esforço em atender aos alunos e, amiúde, solicitava que lhe repetissem perguntas e respostas. Foi preciso adaptar-se, mesmo porque do outro ouvido ela ouvia muito bem. Cem por cento de audição no lado direito, como lhe informara o otorrino.

Decorridos alguns anos, novos exames para o mesmo diagnóstico.

Ela já se habituara à inevitável situação. Que remédio? Também, nos cursos que, eventualmente, frequentou, houve prejuízos com perdas ou falhas nas comunicações.

Já viúva e aposentada, concluiu que uma diminuição de audiência no outro ouvido, em razão da idade, poderia ser um agravante; além do mais, como vivia só, pensava que, ao optar por cirurgia, poderia sentir-se mais tranquila. Os consideráveis avanços na medicina faziam-na pensar: "O que eu teria a perder?".

Então submeteu-se. O resultado foi bem maior que o esperado. Embora, de início, estranhasse tanta clareza no escutar, sentiu-se compensada. Com o passar dos dias, se surpreendeu que precisasse diminuir volumes, de modo a se acostumar com os ambientes que lhe chegavam muito ruidosos.

Tudo decorria conforme o previsto até uma manhã, após acordar de um sono tranquilo: nos ruídos de falas, avolumados em tonalidade, havia certa imprecisão.

Parecia que muitas vozes falavam ao mesmo tempo. Depois, percebeu que o alvoroço provinha de além das suas paredes. Ao espiar através da janela, constatou que, no grupo de homens caminhando na calçada à frente de sua casa, as palavras se misturavam embaralhadas, confusas e sem clareza. Sem imaginar a razão de algo tão incomum, meio temerosa, ela cerrou persianas e cortinas. Em seguida, também percebeu que, na televisão, o som precisava ser deixado no volume mínimo.

Ela resolveu ligar para a filha; quem sabe, poderia dividir suas incertezas. Entretanto, como a voz do outro lado do aparelho lhe parecesse, por demais alta, desligou. Quando a filha, preocupada, retornou à ligação, ela lhe deu uma desculpa e tirou o fone do gancho. Naquele dia ficou em casa, achava que era só uma questão de tempo, que logo se acostumaria. Mas enganou-se. Foi preciso que trancasse as janelas a fim de impor o mínimo de barulho a seus ouvidos.

Esta situação perdurou por duas semanas, durante as quais manteve-se em total reclusão. Certo dia, para seu alívio, percebeu que todo som parecia retornar ao seu ritmo normal. Concluiu que tudo se devera a uma natural adequação.

No transcorrer do tempo, para sua surpresa, além da grata satisfação de ter adquirido completa audição, ela ganharia outro benefício: agora, escutava pensamentos. E os ouvia em tom normal, nem muito alto ou por demais baixo; e, apesar de inicialmente terem se mostrado meio confusos, não demoraram a se organizar.

Deste modo, mais segura, retomou o convívio social que abandonara. Algumas vezes em que se encontrava na companhia das pessoas, envolveu-se em inusitadas emoções; precisava se conter para não rir, chorar, admirar-se e até amedrontar-se diante dos mais diversos e estranhos pensamentos que escutava. Era bastante custoso dissimular diante dos que a conheciam, de estranhos, para os quais achava que poderia passar por insana. Precisava dominar-se, mas não era nada fácil. Conservando esta habilidade somente para si, sem partilhá-la com quem quer que fosse, ela resolveu continuar mantendo segredo. Mas este seria um segredo de curto prazo, pois, certa tarde, ela escutou o que não deveria.

Debruçada à janela de sua sala, viu um homem, cujo aspecto não era dos mais confiáveis, transitando próximo, e lhe escutou os pensamentos: "Fico escondido no corredor... Sim, ele sai... Sai todo dia. E na mesma hora. Ela nem vê... Posso jogar o corpo... Jogo na frente. Não sei... Devo cuidar a casa do lado. Está sempre fechada. Eu atiro lá e corro rápido. Preciso planejar... Depois resolvo".

Os pensamentos a intrigaram por algum tempo, mas resolveu esquecer.

Decorridos uns dias, ao assistir ao noticiário, ela ficou estarrecida. Na reportagem, o mesmo homem que vira era acusado da morte do enteado; na madrugada, a criança fora jogada do quinto andar do prédio onde residia com a mãe. O motivo para o assassinato, fora a inconformidade com a separação da mãe do menino.

Não seria de admirar o estado emocional em que ela se encontrava após tomar conhecimento da reportagem bastante divulgada através da mídia.

Um dia depois, fazendo compras no mercado, foi a vez de ouvir uma mulher pensando: "Tomara que não pergunte... Também, não precisa saber onde eu vou. Acho que devo ler a sinopse, caso me pergunte... O filme é novo. Se ele desconfia, estou perdida. Preciso apagar a mensagem com o convite".

Então, dentre tantos pensares escutados, houve aquele que a faria procurar pela polícia.

Ela andava pelo parque; cansada da solidão, resolvera optar por caminhadas e, eventualmente, ir ao teatro ou se distrair nos cinemas das proximidades.

Sentada em um banco, para breve descanso, ela tinha à sua frente um casal de meia-idade conversando e, em meio a algum silêncio, pensando. Não precisou de uma maior proximidade para ouvi-los.

O homem falava:

— Eu já comprei as passagens. Deixa que eu levo a menina.

A mulher respondia:

— Precisas ter cuidado, a polícia pode desconfiar. Sabes como é, de repente ela chora. Quem sabe uma sedação leve?

— É, pode ser.

Logo, o homem pensava:

"Eu me arrisco... O bolo maior tem que ser meu. Ela nem está sabendo quanto".

Em seguida, era a vez da mulher pensar:

"Cretino. Nem disse o valor. Ele que se cuide".

Bastante surpresa, sem saber que atitude tomar, ela vê um policial andando lentamente pelo parque. Armando-se de coragem, ela o chamou.

Ela relatou o que ouvira, e ele a olhou com um sorriso junto a certa indignação por haver cedido alguns minutos de seu tempo, e respondeu:

— Me desculpe, mas a senhora quer que eu acredite?

— Eu sei, ninguém acreditaria, aliás, o senhor é a primeira pessoa a quem eu falo a respeito do assunto. Eu lhe peço, apenas, que investigue; quem sabe o que poderá acontecer? Ah, antes que me esqueça, não precisa pensar em me chamar de loira maluca, porque isso eu não sou.

E, o policial, com uma risadinha meio duvidosa, lhe respondeu:

— Está certo, minha senhora, vou me lembrar de suas palavras. Passe muito bem.

Uma semana depois, ela se depararia com uma reportagem sobre o mesmo casal que vira no parque. Estavam envolvidos num sequestro frustrado de uma criança. À tardinha, ela se postou, à espera, no mesmo banco do parque, no desejo de encontrar o policial que duvidara de suas palavras. Aguardou muito e, quando estava quase desistindo, percebeu o homem parado meio distante. De início, diante do seu relato, ele manteve o mesmo tom irônico:

— E que prova a senhora me dá de que são as mesmas pessoas?

— Ora, se o senhor pode lembrar seus rostos, é só olhá-los na reportagem. Espere, vou lhe dar meu endereço. Ah, sei o que o senhor está pensando que só lhe faltava essa. Não é verdade?

Embora notasse que o homem a olhava meio desconcertado, ela anotou, numa folha da agenda, seu nome junto ao endereço e foi embora.

No dia seguinte, havia outro policial à sua porta:

— Senhora, precisamos conversar a respeito do sequestro do menino. Como a senhora sabia?

— Entendo. O policial deve ter lhe explicado e, como ele, o senhor não me dá crédito.

— A senhora haverá de convir que é difícil crer.

— Então, façamos o seguinte: o senhor pensa qualquer coisa, e eu lhe digo o que pensou. Estamos combinados?

— Está bem.

Após alguns segundos, ela lhe responde:

— Não, um psiquiatra não me ajudaria. Não é caso para tanto.

O homem, incrédulo, lhe respondeu:

— Ora... Como... Como a senhora pode saber?

— Pode meditar, novamente, que eu traduzo.

E, num breve momento, ela falou:

— Bem, o senhor misturou algumas palavras. Uma

dúvida... O que sua esposa vai dizer sobre isto... Precisa falar com o outro policial, etc.

— Está bem, talvez deva acreditar. Me diga o que estou pensando agora.

E, assim, por um bom tempo, ele pensava e ela traduzia seu pensar.

Depois de muitos minutos, ele se retirou com enorme carga de dúvidas e sem saber a que conclusão chegar.

Passada uma semana, ela saía o mínimo possível; não mais suportava escutar palavras e reflexões em qualquer ambiente onde se encontrasse. Estava muito estressada e não conseguia dormir; precisou ir ao médico para solicitar um calmante.

Enquanto aguardava na sala de espera, pensou que enlouqueceria com os ruídos de vozes dos outros que também esperavam. Era um volume tão insuportável de sons que esteve a ponto de se retirar antes da consulta.

Após o atendimento, rápido, foi embora. Como consequência, tornou-se mais reclusa; saía somente para o indispensável. Nervosa ao extremo, foi preciso aumentar a dosagem dos calmantes; após noites povoadas de pesadelos, amanhecia encharcada de suor. Mas, como não desejasse se entregar a este martírio, resolveu, novamente, andar pelo bairro. Pensava que, desta vez, conseguiria conviver em meio às pessoas; além do mais, precisava abastecer sua despensa e pagar contas.

Em seu trajeto, o volume dos tantos ruídos era quase suportável; esperançosa que pudesse aguentar o duplo barulho de falas e pensamentos, resolveu ir ao shopping center para se distrair. Porém, não se dando conta de que, naquele local, o agrupamento de gente era bem maior, não seria preciso dizer a que ponto chegou seu nervosismo. Achou que, se permanecesse no local por mais alguns segundos, começaria a gritar. Em desespero, embarcou num táxi e rumou para casa. Sorte sua que o motorista falava apenas o necessário; de todo modo, foi forçada a escutar os pensamentos deprimentes do homem: "Droga... ainda bem que essa aí não fala nada; hoje não estou com paciência... São tudo uns merdas... Conversas murrinhas... Chega a praga lá de casa. Hoje ela me paga".

Ela tinha consciência de que, na grande metrópole em que vivia, maior era a dificuldade em conviver com rumores extremados. E, quanto mais corria o tempo, maior se tornava sua aflição. Mesmo no prédio onde residia, os poucos moradores dos seis apartamentos lhe causavam séria perturbação a ponto de provocar eventuais tonturas e até confusão mental.

Quando já concluía que estava vivendo um verdadeiro inferno, recebeu a visita de um segundo policial:

— Bem, dona, acho que deveria me acompanhar até a delegacia; meu chefe gostaria de lhe falar.

— Ora, mais um para me submeter a interrogatório? O senhor trouxe uma intimação?

— Não... É que sua história suscita muitas dúvidas, sabe como é. Difícil de acreditar.

— Meu Deus, além dos problemas pelos quais passo... Nem sei o que me levaria a falar com ele. Minha boa intenção em ajudar a elucidar qualquer acontecimento já não existe.

Sem novo argumento, ela tentou dispensar o homem, pois, além de irritada com a proposta, quase beirou ao descontrole ao ouvir suas palavras e pensamentos, que estavam a ponto de lhe rebentar os tímpanos.

— É uma proposta que o delegado quer lhe fazer — disse, timidamente, o indivíduo.

Ela refletiu por alguns segundos e respondeu:

— Tudo bem, amanhã à tarde irei conversar com ele.

Ao ouvir as palavras do delegado, ela se mostrou surpresa:

— Como assim, elucidar investigações?

— Bem, dona, levando em conta suas palavras aos meus homens, a aptidão que a senhora afirma possuir, eu gostaria de lhe propor um desafio. Mas, antes, o que acha de fazermos um teste?

E, assim, quando o homem iniciou uns pensamentos desordenados, ela o interrompeu:

— Calma, calma, eu só estou identificando expressões isoladas tais como: loucura, quero ver, maluca, e por aí afora.

— Tudo bem, estou convencido.

Após ouvir a proposição do indivíduo, ela exclamou:

— Ler os pensamentos de alguns suspeitos?

— Eu poderia falar com o Secretário de Segurança e, quem sabe, comprovada sua eficiência, dar uma boa remuneração mensal?

De início, ela hesitou, mas acabou aceitando a oferta.

Após três semanas, tamanho era seu nível de estresse com a carga de sentimentos, aliados a pensamentos negativos e mesmo apavorantes, que ela se imaginou à beira de perder a razão.

Ainda percebeu que alguns presos beiravam a insanidade, enquanto outros mostravam-se de uma crueldade inimaginável ao relembrarem os atos executados anteriormente às prisões ou planejando os mais variados e cruéis crimes, aguardando por alguma oportunidade em realizá-los.

Era como se, naqueles dias, compartilhando pensamentos extremamente mórbidos, houvesse feito um verdadeiro estágio para a loucura. Para seu desalento, não demorou a perceber que sua sensibilidade para ouvir qualquer som de falas ou meditações aumentara a ponto de achar que não suportaria. Desta feita, sem qualquer justificativa, ela desistiu do acordo.

Seus dias passaram a ser infernais, ela susteve qualquer ruído por menor que fosse; desligou o telefone, a televisão e demais aparelhos de uso diário. Mesmo o som do gotejar de uma torneira era tortura. Enclausurada, tinha o cuidado em não se expor a barulhos tais como virar-se na cama, ligar o chuveiro e até se vestir. Todo som, por menor que fosse, era motivo de sobressalto.

Ao notar que sua aptidão passara a ser incontrolável, começou a pressionar fortemente o ouvido, como forma de se libertar de tamanha opressão. Mas foi em vão. Em desespero, tentando encontrar uma solução a seu suplício, ela se perguntava: "Como poderei acabar com tudo isto?".

Naquela noite, mais uma sem conciliar o sono, ela concluiu que só lhe restava uma solução. Caso contrário, com a emissão dos sons num crescente, só lhe restaria a insanidade ou, antes desta, o suicídio.

Naquele momento, de posse de uma coragem que jamais imaginou possuir, agulha de crochê às mãos, ela pôs fim ao seu sofrimento.

CULPAS

Sou uma idiota; sair da segurança de minha casa para me arriscar neste lugar deprimente. Quem ele pensa que é? Por acaso, também não gostou? Fala em responsabilidade como se eu devesse responder por tudo. Está certo, o plano foi meu; mas ele me deu motivos. Pensar no jeito como me olhava. A verdade é que não resisti, me esquecendo de tudo, caí em seus braços como uma desvairada. Mesmo as perguntas de meu marido, eu já não ouvia.

— Academia de novo?

— Preciso ficar em forma, o verão está aí.

Passou o verão, chegou o inverno, e eu continuava apaixonada. De início, foi a aproximação; depois, o toque de suas mãos na hora de verificar a postura, a adaptação aos pesos ou quando corrigia os alongamentos. Tudo me causava estremecimentos.

Um dia aconteceu o inevitável.

O encontro semanal passou a ser minha felicidade. As tardes eram curtas para tanta paixão; e o que deveria amainar com o tempo só avolumava. Logo, conforme retardavam meus retornos, eu escutava as cobranças de meu marido. Dissimular não era problema, mas as desculpas esgotavam-se.

— Que hora de chegar, hein? Outra ida ao shopping?

— Não, fui ao cinema.

— Que filme?

— Nem prestei atenção, eu e a Ana só conversamos.

Decorrido um tempo, eu já não encontrava pretexto. Minha amiga como álibi se tornara repetitivo. Mas eu não me sentia culpada, as horas com o professor compensavam. Certo dia, tive a ideia.

Lembrei-me de minha filha recém-divorciada, acontecimento que atribuíam a mim, falavam que eu não gostava de meu genro, que possuía grande ascendência sobre ela, essas coisas. Pura mentira, o cara era um incompetente, chegava tarde em casa: assim, pensei em apresentá-la para o professor. Se ela se interessasse, seria uma maneira de ficarmos próximos. Mas ela teve dúvidas:

— Não sei... Vocês têm intimidade suficiente para sugerires isto?

— Ora, somos bons amigos; eu o conheço há muito.

Ele concordou com o arranjo, disse ser uma solução genial. Agora me culpa. Tornei-me a pecadora, e ele, o santinho. Ele não perde por esperar. Como eu haveria de imaginar que as coisas ficariam fora de controle? Na verdade, incorremos em erro, é impossível dissimular sentimentos; um gesto, um olhar diferente, e tudo cai por terra. Planos vão-se por água abaixo. Eu não deveria ter cedido naquele dia.

Era o aniversário de Lúcia, e ela resolveu oferecer um chá para mim e o professor. Ao chegarmos, minha filha pediu que aguardássemos enquanto ela buscava a torta encomendada. Em certa altura do trajeto, ela lembrou que trocara a bolsa, portanto estava sem o dinheiro. E quando chegou... Ele sabia que, me envolvendo com palavras, eu perdia a noção de tudo. Foi neste estado que ela nos surpreendeu.

Não imaginei que minha filha se apaixonara. Combinamos que ele simularia interesse por ela, talvez uma amizade mais íntima. Como a separação do marido a deixara deprimida, se apegar a outro foi fácil. Eu sentia ciúmes, mas ele falava não haver motivo, apenas cumpria sua parte.

Naquele momento, ele saiu rápido do apartamento, me deixou com desculpas débeis, sem o mínimo argumento. Ela só chorava. Se ao menos falasse, gritasse ou até me batesse. Mas, nada, nenhuma palavra. Aos poucos, sua fisionomia se fechou, o olhar se tornou distante, inexpressivo. Naquela noite dormi mal; então resolvi lhe falar, pediria perdão se necessário. Ela não abriu a porta. Nem poderia. Foi encontrada na banheira com os pulsos cortados. Passados uns dias, procurei por ele. E pode? Ele me tratou como uma estranha. Quando abordei o assunto, disse que a ideia fora minha.

A partir de então, só tive um pensamento: vingança. Eu estava certa de que descobriria uma maneira, o que não tardou em surgir: minha primeira atitude foi uma conversa com meu marido. Não foi difícil convencê-lo da responsabilidade do professor pela morte de Lúcia. Argumentei o quanto ela estava apaixonada e... Está certo, eu menti sobre o assédio para comigo e o consequente desespero de nossa filha. Usei da persuasão que sei possuir a fim de envenená-lo contra o outro. O resultado foi diferente do que eu imaginava. De qualquer modo, concluí que ocorrera o melhor. Estava morto o marido que não significava nada para mim, e o professor, preso. Meu maior trunfo foi convencer os jurados o quanto ele fizera sofrer a mim, à minha filha e, como não bastasse, acabara com a vida do meu esposo. Ele alegou legítima defesa e, como era primário, com curso superior, pegou uma pena branda. E vejam: me dispus a ir até a cadeia só para ouvi-lo me culpar. Sabem o que falou? Que eu era a única criminosa. Bom, ele que não me subestime e pare de me agredir. Com esta mania de me crucifixar por tudo, pode vir a se arrepender. Eu sou paciente. E tenho meus métodos. Pode acontecer de ele não sair vivo daquele lugar. Eu não me admiraria que ele se defrontasse com uma bela recepção ao ser libertado. Tenho muito tempo. Preciso pensar.

ÀS MARGENS DO RIACHO

Lembro-me de escutar o ruído de carros cruzando as avenidas que ladeiam o riacho, com suas águas turbulentas, em razão da forte chuva, quando tentei levantar. Foi impossível. Todo meu corpo doía, doía tanto que tive dificuldade em me mover. Percebi que, em minha blusa rasgada nas costas, a água penetrava e escorria por minhas pernas; havia manchas vermelhas tingindo minha calça e eu estava suja de lama. Confusa, sem entender o que ocorrera, percebi, no dorso de minhas mãos, ferimentos cobertos de sangue, além de algumas unhas lascadas tão rentes que expunham a carne dilacerada. Dolorida, levei a mão ao rosto e senti os lábios inchados. Pior eram a dor na cabeça e a forte tontura seguida de náusea, que me forçaram a deitar novamente. Foi então que, com olhos embaçados, perdi a noção ao redor.

Acredito que estive desacordada por algum tempo e, quando consegui ficar em pé, havia escurecido. Pensei em pedir ajuda, eu tinha a roupa encharcada, e um líquido pegajoso vertia de meus cabelos até o pescoço. Porém o medo me dominou; aumentara o movimento de carros, e alguns indivíduos andavam por perto. Sem saber o que fazer, ou para onde ir, me aproximei da estreita calçada, ao lado do incessante rodar de veículos e, em desespero, passei a acenar para os automóveis. Foi neste momento que avistei um carro preto. Não entendo o que ocorreu. A verdade é que, em pânico, retornei à parte coberta do viaduto. Passados alguns minutos, lembro-me de me arrastar junto ao meio-fio da calçada e, logo, ouvir um barulho de sirene.

Despertei num local aquecido e com som de vozes. Eu tentava entender o que diziam, mas só conseguia distinguir poucas palavras como nome... Riacho... Bala... além disso a pressão em minha cabeça era tanta que, embora eu fizesse um enorme esforço, não conseguia falar.

Creio haver decorrido certo período para que surgissem algumas lembranças; pareciam flashes rápidos que eu tentava compor como num quebra-cabeça. Divisei, meio turvos, papéis espalhados ao lado de um toco de vela. Acho que havia homens movimentando-

-se como sombras num lugar escuro. Ao longe, uma pequena claridade intermitente, talvez fosse um cigarro aceso. Eu também sentia um odor repugnante exalando em meio a risos junto a outras visões confusas e sem nexo.

Eu desejava contar o que estava lembrando, mas minha voz parecia presa.

Quando a imagem começou a desaparecer, um vulto branco inclinou-se sobre meu corpo e mandou que eu mexesse a mão. Mas meus olhos pesavam e, logo, as falas se afastaram. Em seguida, senti uma picada em meu braço.

Era como se eu flutuasse, talvez fosse um sonho. Eu divisava homens, e a velocidade do carro aumentando cada vez mais. Com muito medo, eu queria fugir, escapar daquele lugar. No momento em que tentei me safar, alguém me segurou. Meus cabelos foram puxados com força enquanto batiam em meu rosto. Sem conseguir me mexer ou gritar, tive os braços presos e a boca fortemente pressionada. Não consigo recordar de onde surgia a luz que me cegava e por que tanta ardência em meu peito e mãos, como se fossem queimaduras. Tenho certeza de ter ouvido meus próprios gritos quando, junto ao peso que me comprimia, algo que parecia me atravessar provocou dor, uma dor tão intensa como se fossem golpes.

Eu já não pensava; existia vaga lembrança de, após me puxarem de um lugar escuro e abafado, ter sido jogada em alguma região úmida. Em seguida ao tentar nova reação, algum objeto bateu forte em minha cabeça.

Eu fazia enorme esforço para abrir os olhos, tentar lhes descrever o que eu recordava. Mas tudo se confundia junto a ruídos indefinidos. Eu queria falar, dizer do pesadelo, porém, os sons ficavam cada vez mais fracos... distantes.

— Moça... O nome... Lembras...? Lembras...?

Meu especial agradecimento ao grande escritor e amigo Charles Kiefer, cujos ensinamentos permitiram meu aprimoramento na arte de escrever. Acima de tudo, minha gratidão a Deus, por me haver dado, além de aptidão, saúde física e mental para a realização desta obra.

ESTE LIVRO FOI COMPOSTO EM FONTES ARNO PRO E LANGDON E IMPRESSO
NA GRÁFICA PALLOTTI, EM PAPEL LUX CREAM 90G, EM SETEMBRO DE 2016.